인동초 사랑

인동초 사랑

1판 1쇄 발행	2026년 3월 31일
지은이	한동희
발행인	이선우
펴낸곳	도서출판 선우미디어

등록 ｜ 1997. 8. 7 제305-2014-000020
02643 서울시 동대문구 장한로 12길 40, 101동 203호
☎ 2272-3351, 3352 팩스: 2272-5540
sunwoome@hanmail.net
Printed in Korea ⓒ 2026. 한동희

값 15,000원

ISBN 978-89-5658-816-2 03810

인동초 사랑

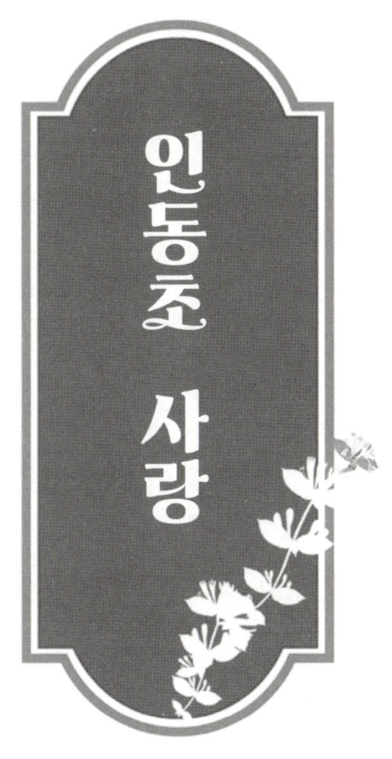

한동희 수필집

선우미디어 sunwoomedia

사랑, 회복 중이다

　다섯 번째 수필집을 펴낸다. 지금까지 나를 이끌어준 삶의 원동력은 무엇이었으며 절망과 좌절 속으로 몰아넣었던 문제점은 어디에 있었던가 되짚어 보는 시간이었다. 얼마인지는 알 수 없으나 남은 시간을 어떻게 마무리해야 여한 없는 삶의 마침표를 찍을 수 있을까 고심하곤 한다. 성공한 인생의 그림은 어떤 모양과 색깔을 지닌 것일까. 사람마다 그 목적한 바가 다르고, 그 기대치에 도달했을 때 성공한 삶이었다고 평가할 수 있을까.

　40여 년의 세월을 글쓰기에 매달려 왔다. 수필의 근본정신처럼 겉모양과 속마음이 같은 글을 쓰려고 고뇌했으나 과연 그런 글만을 썼는지 자책감이 없지 않다.

　아무리 빛나는 인생을 살아왔다 해도 그 안에 서러움과 후회 하나쯤 없는 삶이 어디 있겠는가. 기쁨과 슬픔은 그 사람의 의지와 생각에 따라 삶의 기준이 달라질 수도 있겠지만, 뒤돌아보면 내 삶의 여정은 기쁨보다는 슬픔이 더 큰 비중을 차지한 것 같다. 나는 지금 숲속에 홀로 앉아 우는 새 한 마리처럼 고독 속에 있다.

　그분은 나에게 왜 이렇듯 끝없는 시련을 주시는 걸까. 그러나

"그분은 우리의 인생을 마모시키는 것이 아니라 다듬어 주고 계시다."라는 말씀에 위로를 받는다. 아직도 그분은 가시 돋은 내 마음을 다듬고 계시는가 보다.

이번의 제5 수필집에는 독자에게 꿈과 희망의 메시지를 전하지 못한 것 같아 아쉽다. 그럼에도 가슴에 여며두었던 고통을 숨김없이 털어놓고 싶었다. 소재가 중복된 부분도 있어 독자 여러분의 이해를 구한다.

오랜 세월 문학의 길을 함께 걸어온 문우 최원현·이진화·심정임·이선우 님의 사랑과 우정의 메시지에 감사한다. 또한 내 옆에서 늘 위로가 되어주는 딸 성숙과 사위, 외손자 희도, 그리고 사부인에게 지면을 통해 감사함을 전하고 싶다. 나의 마지막 소망은 하나님이 키우시는 아들의 남은 인생을 잘 다듬어 주시기를 바랄 뿐이다.

2026. 3.
오늘 하루를 허락해 주신 분께 감사하며
해원 한동희

1. 문학이 주는 위로

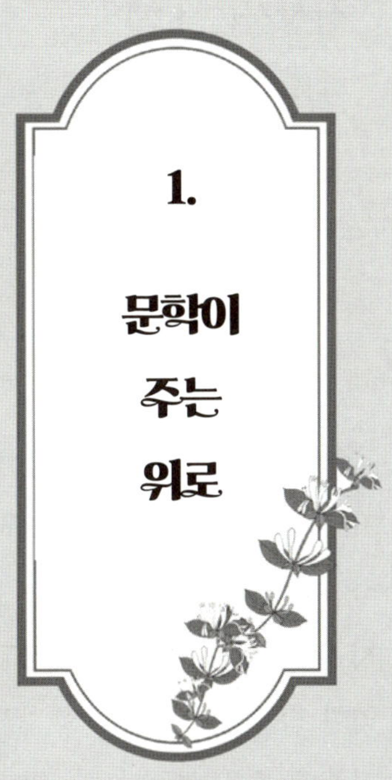

1.

문학이
주는
위로

삼상사(三上思)
- 나의 집필 공간

30여 년 전, 사촌 남동생이 대학에 입학하여 시작한 아르바이트가 책 세일즈였다. 그때 36권에 이르는 '세계문학 대전집'을 주문하여 들여놓았다. 거기에는 귀에 익은 대문호의 작품들이 줄을 서서 내가 읽어주기를 기다리고 있었다. 영화나 문고판으로 안면을 익힌 작품들이 있기는 했지만, 두고두고 읽으면서 자식들에게 물려주면 좋은 선물이 될 것이라 여기며 흐뭇했다.

장정도 좋고 모처럼 큰돈 들여 구입한 책을 모셔둘 자리가 필요했다. 변변치 못한 글을 쓰면서 나만의 집필 공간을 원한다는 게 면구스러워 안방과 주방을 옮겨 다니며 글을 써 왔는데, 이참에 서재를 마련해야겠다는 생각이 들었다. 많은 책에 둘러싸여 글을 읽고 쓰는 내 모습을 상상하며 부자가 된 듯 흡족했다.

그 후 몇 번의 이사를 하며 나의 집필 공간은 작은 방에서 가장 큰 방으로 확장되어 갔다. 서재와 연결된 베란다를 작은 쉼터로 만들어 호사를 부려보기도 했다.

책꽂이는 많은 부류의 책들로 채워져 갔다. 사서오경(四書五經)

으로부터 현대수양전집(現代收養全集)에 이르기까지 수많은 책이 나의 허기진 영혼을 달래주기 위해 차례를 기다리고 있었다.

책꽂이에서 제대로 숨도 못 쉬고 빼곡히 꽂혀 있는 책들. 글을 쓰려면 많이 읽고 사유하며 내 것으로 소화해야 하는데, 나의 시선을 받아 읽힌 책보다는 임금님의 손목 한 번 잡아보지 못하고 궁궐에 갇혀 사는 궁인의 신세 같은 책들이 더 많다. 그래도 그때그때 구미에 당겨 구입한 책은 미루지 않고 읽게 되는데, 한가할 때 벗하려고 미뤄두었던 고전(古典)들은 시력이 나빠지면서 장식품이 되어가니 책 안에 있는 현인군자(賢人君子)의 지혜를 고루 터득하지 못하는 것이 아쉽기만 하다.

수필을 쓰면서 S교수님의 연구실에 자주 가게 되었는데 테이블 위에 두서없이 쌓여 있는 책들이 눈에 거슬렸다. 한 번은 내가 정리를 해드리겠다고 했더니 건드리지도 못 하게 하셨다. 책과 자료들이 뒤섞여 있지만 어디에 무엇이 있는지 다 아신다고 했다. 이렇게 어수선한 집필실에서 명수필이 나온다는 것이 신기할 뿐이었다.

이제 나의 서재 풍경도 교수님의 연구실을 닮아가고 있다. 여기저기 쌓여가는 책들이며 잡다한 물건들. 이곳이 집필 공간인지 쉼터인지 구분이 안 되면서 떠오르는 낱말이 있으니 삼상사(三上思). 즉 마상(馬上), 측상(厠上), 침상(枕上)에서의 사유함이다. 수필과 사랑을 나눌 마음만 있다면, 자동차를 타고 갈 때나 측간에 앉아서나 침대에 누워서나 주제와 소재를 떠올리며 생각에 잠길 수 있고,

이따금 영풍문고와 종로애(愛)서(書) '삼봉서랑'에 들러 필요한 책을 골라보며 작품을 구상하기도 한다. 그렇게 기억의 창고 속에 그려 넣은 것과 메모한 것을 컴퓨터에 입력하여 초안을 잡고 퇴고를 거듭하여 작품을 마무리한다.

이렇게 천지 사방이 사유의 공간이고 집필 공간이 될 수 있으니, 영혼이 깃든 글은 잘 치장된 공간에서만 만들어지는 것이 아니라 집중과 열정, 끈기와 고뇌에 있다는 것을 '삼상사'에서 느끼곤 한다.

(2013.『한국수필』11월호)

한동희 | 인동초 사랑

나를 짓궂게 놀리는 운명

- 분실물에 관한 에피소드

'겉에 걸친 옷만 바꿔 입어도 운명이 바뀐다.'라는 말은 소설이나 동화에서나 나오는 말일 뿐일까. 작가가 스토리 전개나 흥미 유발을 위해 지어낸 말이려니 하다가도 때깔 고운 거지가 밥도 먼저 얻어먹는 세상이고 보면 아주 현실성이 없는 말도 아닌 듯하다. 그래서 인간의 잠재의식 속에는 신분 위장이나 품격 유지를 위해 겉치장에 치중하는 습성이 숨겨져 있는 것인지도 모른다. 어디선가 입은 옷에 따라 운명이 바뀐다는 말을 얻어들은 후, 부쩍 50년 전의 황망하고 기막힌 두 가지 분실 사건이 되살아나 잠잠해진 가슴에 파문이 인다.

하나

내가 결혼할 당시만 해도 여자들의 혼수 품목에는 네댓 벌의 한복이 들어 있었다. 나는 월급날이면 동대문 광장시장의 포목점을 돌아다니며 새색시의 꿈을 안고 한복감을 고르곤 했다.

그 당시 내 얼굴형과 어울리는 뒤통수 아래로 주먹만 한 똬리를 틀어 붙이는 고전 스타일에 한복을 곱게 차려입은 새색시 모습이 내가 꿈꿔온 롤모델이었다. 한복감을 새로 장만할 때마다 옷감의 질과 색상을 조합해 가며 쪽머리를 한 새색시의 아름답고 우아한 모습을 그려보았다.

결혼 날짜를 잡아놓고 그동안 장만해 온 옷감을 바느질집에 맡겼다. 그리고 약속한 날짜에 기대를 안고 설레는 마음으로 맞춤옷을 찾으러 갔다. 한데 이게 웬일인가. 한복집 주인의 말인즉, 내가 옷감을 맡기고 나간 얼마 후 누군가 내가 맡긴 한복감을 도루 찾아갔다는 것이었다. 그렇다면 누가 내 뒤를 쫓아와 그런 범행을 저질렀다는 것인가. 한복집 주변을 어슬렁거리며 혼숫감만을 노리는 전문 털이범에게 내가 걸려든 것일까. 아무리 생각해 봐도 섬뜩하고 허망한 마음을 가눌 수 없었다. 누구인지 확인도 안 하고 물건을 내준 한복집 주인이 자신의 불찰을 인정하면서 자기 집에 있는 옷감으로 내 한복을 만들어 주겠다고 하는 것이었다. 내 앞에 내민 옷감이 탐탁지 않았지만 그렇다고 다시 마음에 드는 옷감을 찾아나설 시간적 여유도 없어서 한복집 주인의 말에 따르기로 했다.

부모님 곁을 떠나 새로운 인생을 시작하는 결혼. 내 의지와는 상관없이 남의 옷을 빌려 입은 것처럼 어정쩡하게 한복을 입고 찍은 신혼여행지에서의 사진을 보니, 마치 영혼은 빠져나가고 껍데기만 두르고 앉아 있는 듯한 나 자신이 낯설게 느껴졌다. 허전하고 아쉬운 마음에 내가 장만한 옷감으로 한복을 지어 입은 모습을 상상해 보았지만, 사진 속의 나는 씁쓰름한 미소를 지을 뿐이었다.

　　　　　　　　　　　　　　　　한동희 | 인동초 사랑

둘

　첫아이가 돌을 지내고 얼마 후 집안에 도둑이 들었다. 그때 우리 가족은 남편의 직장 관계로 부산에서 살고 있었다. 이사한 지는 얼마 안 되었지만 그 유명한 자갈치 시장을 구경하고 싶어서 갔다가 돌아와 보니 친정아버지가 사업자금으로 내게 맡겨놓은 현금과 아이의 돌 반지와 팔찌, 그리고 나의 패물이 몽땅 없어졌는데 유독 결혼반지만 남아있었다. 결혼 전에 예비 신랑이 해외 출장에서 돌아오며 결혼 예물로 준비해 온 다이아몬드 반지로 세팅은 한국에서 했다.

　그런데 경찰 조사 과정에서 그 반지는 '다이아몬드'가 아니라 '사파이어'라는 것을 알게 되었다. 그제야 자세히 살펴보니 남편 될 사람이 처음 내게 보여줄 때 푸른색이 섞여 빛나던 다이아몬드가 아니라 무채색의 유리알 같은 사파이어가 내 방 장롱 안에 숨어서 반지 알이 바뀐 것도 모르고 사는 나를 짓궂게 놀리고 있었던 것이었다. "넌 참 바보처럼 살았군요!"라고…. 지금도 이름만 대면 알 만한 보석상에서 다이아몬드라는 것을 확인한 후 세팅해 주겠다고 했고, 나도 그 집의 간판만 믿고 세팅을 맡겼는데 반지 알까지 맡긴 것이 불찰이었다. 그때는 다이아몬드라는 보석보다도 그것을 선물해 준 사람이 더 좋았던 때라 보석에는 별로 관심이 없었고, 반지를 세팅할 때는 눈을 똑바로 뜨고 옆에서 반지 알을 박는 것을 직접 지켜보아야 한다는 것도 모르던 어리석고 순진한 때였다. 보석상은 50여 년이 지난 지금도 서울의 한복판 그 자리에서 여전히 같은 이름의 간판을 달고 버젓이 영업하고 있다.

이렇게 두 번씩이나 눈뜨고 코를 베이고 말았다. 그것도 인생을 새롭게 시작하며 축복 속에 주고받아야 할 결혼 예물이 두 번씩이나 바뀌고 보니 우연치고는 너무 얄궂은 일이어서, 이것도 운명인가 하는 회의에 젖게 되었다. 마치 거지와 왕자의 뒤바뀐 운명처럼, 나는 졸지에 꿈을 잃고 거리를 헤매는 거지 왕자가 된 심정이었다.

내 결혼의 꿈이 담긴 한복감으로 옷을 만들어 나 대신 입고 다니는 사람은 누구일까? 누가 내 남편의 사랑이 담긴 다이아몬드를 차지했을까? 그들은 행복할까, 불행할까? 그간 살아오며 안타깝고 괴로운 일들을 겪을 때마다 내 인생에는 없어야 할 일들이 일어나는 것만 같아 내 인생은 도둑맞고 남의 인생을 사는 것이 아닌가 하는 엉뚱한 생각이 들기도 했다. 결혼 혼수품의 분실은 내게 깊은 상처를 남겨주었고 그 상처의 흔적은 한동안 나를 혼란케 했다.

어쩌면 잃어버린 물건들은 애당초 나와는 인연이 없는 것일지도 모른다. 그것들로 액땜하여 힘든 일들도 잘 견뎌냈고 여기까지 왔다고 생각을 바꿔보니 '돌고 도는 인생'이라는 유행가 가사처럼 행복과 불행도 돌고 도는 것이 아닌가 싶다. 화(禍)가 복(福)이 되고 복이 화가 돼서 돌아올 수도 있으니, 자기 욕심을 채우기 위해 남의 것에 눈독 들이는 잔망스러운 인간이 되지는 말아야겠다.

어쨌거나 그간 나는 어떤 형태로든 남의 인생을 도둑질하지는 않았는지, 지난날을 되짚어 본다.

(『그린에세이』 2018. 3~4월호)

액세서리

나는 액세서리를 좋아한다. 액세서리는 의상을 돋보이게 하고 자신을 표현하는데 유용한 품목이다. 액세서리를 싫어할 여자도 있을까 싶지만 요즈음엔 남자들도 나이에 구분 없이 액세서리에 관심을 두는 것 같다.

예전의 남자들은 주로 양복과 넥타이의 매치에 신경을 썼지만 시대에 따른 변화는 어쩔 수 없나 보다. 서구문화가 들어와 동양인의 검은 머리가 노랗게 물들고, 남자들이 목걸이와 팔찌를 착용하는 것도 예사로운 일이다. 모자를 쓰고 브로치를 달거나 귀고리까지 하는 남자들도 자주 눈에 띈다. 줄이 긴 여성용 가방을 어깨에 걸치고 다니는 젊은이들이 늘어가고, 나이 든 사람들은 안경에 패션 감각을 살려 멋을 내기도 한다.

이제 액세서리는 여자들만의 전유물이 아니다. 어찌 보면 남자들의 액세서리 사랑은 여자들을 앞지를 기세이다. 머리부터 발끝까지 조화롭게 멋을 부린 젊은이를 보면 절로 경쾌하지만, 한편 남성이 여성화되는 것 같아 세상 돌아가는 형세가 불안하기도 하다.

어느 영화에서였던가, 흰 양복을 입고 중절모를 쓴 중년 남자가 지팡이를 들고 무대 위를 활보하더니 춤을 추듯 한 바퀴 빙그르르 돌아 관객을 향해 인사를 하는 순간, 관중들이 환호하며 열광하던 장면이 떠오른다. 배우의 훌륭한 연기는 그가 걸친 장신구 덕분에 더욱 빛이 났고, 그 장면이 오래도록 인상에 남는다. 이렇게 부수적으로 따라붙는 액세서리는 보는 사람에게도 활기를 불어넣어 주는 마술과 같은 힘이 있다.

내 나이 스물두 살, 꽃다운 청춘일 때였다. 내게 처음으로 액세서리의 멋을 가르쳐 준 사람은 남편 될 사람이었다. 그즈음 나는 초임지에 발령을 받고 근무하느라 피곤했는지 콧등에 물집이 생겨서 휴지를 뚝 떼어 붙이고 다녔다. 그런데 그이는 모양새 없이 휴짓조각을 붙인 나의 촌스럽고 순박한 모습에 마음이 동했다고 한다. 멀쩡한 콧등에 반창고를 별 모양으로 오려 붙이는 멋쟁이 아가씨들만 보다가 그런 나에게 신선함을 느꼈던 것 같다. 지금 생각해 보면 액세서리가 귀하던 그 시절에 멋쟁이 아가씨들이 액세서리 대용으로 콧등에 별 모양의 반창고를 붙인 것이 아니었나 싶기도 하다.

액세서리를 하는 것은 자기만족이기도 하지만 남의 시선을 의식한 행위이기도 하다.

나는 첫 월급으로 노란 투피스를 맞춰 입고 그이를 만났다. 그는 명동의 시공관 앞에 있는 액세서리 점포 안으로 나를 데리고 들어가 이것저것 고르더니, 연미색 바탕에 붉은 기운이 도는 코사지(형

잎으로 만든 꽃)를 내 가슴에 달아주었다. 단색의 밋밋한 옷에 꽃 한 송이를 달아놓으니 거울 안에 비친 내 모습이 한결 빛났다. 그이는 그날 한 손에는 내가 취미로 배우는 악기(만돌린)를 대신 들고, 다른 한 손으로는 내 손을 꽉 잡은 채, 천하를 얻은 듯 명동 거리를 활보했다.

그이 다음으로 내게 액세서리의 멋을 알게 해준 사람은 나와 가장 가까운 친구였다. 일본에서 의상디자인을 전공하고 돌아온 친구는 나를 위해 줄무늬의 하늘색 원피스를 만들어 선물로 주었다. 나는 친구가 만들어 준 원피스에 어떤 장신구가 어울릴까 궁리하다가 영국 신사들이 쓰는 모자가 떠올라 그 모양과 유사한 밀짚모자를 만들어 쓰고 다녔다. 오직 나만이 입은 원피스에 나만이 쓴 모자라는 개성을 살려보고 싶은 속물적 욕망을 거리낌 없이 드러내었다.

그 후에도 남편 될 사람은 외국 출장에서 돌아올 때는 내게 액세서리를 선물했다. 그중에서도 단물의 모래 속에서 사는 '방게' 모양의 목걸이 시계는 특이하여 지금도 간직하고 있다. 정성 어린 선물에는 주는 사람의 마음과 추억이 서려 있어 소중한 기념품이 된다.

결혼 후에도 액세서리는 나의 기호품으로, 많은 종류의 장신구에 호감이 갔다. 어쩌면 각가지 모양과 색상의 액세서리는 나의 허전함을 달래주고 욕망을 다스려 준 촉매제는 아니었을까. 또한 액세서리를 하고 거울 앞에 섰을 때의 순간적인 행복은 또 다른 짜릿함이기도 하다.

나이 들어 부득이 안경을 쓰게 됐는데, 거추장스럽기는 해도 안경 덕을 톡톡히 보고 있다. 눈 화장을 안 해도 되고 주름도 가려주어서 오히려 젊어졌다는 인사를 자주 들어 귀가 호강을 하니 말이다. 안경은 이렇게 나의 결점을 커버해 주니, 늙은이의 액세서리로는 으뜸이라 하겠다.

액세서리에도 그 유래와 문화가 있다. 예전부터 내려오는 풍습과 종교의식에 따라 변하지 않는 액세서리가 있는데, 그중에는 결혼하는 신부의 헤어 액세서리로 '티아라'가 있다. 그런 특별한 경우를 제외하면 끊임없이 변화하는 시대 감각에 맞춰 옷의 질감이나 디자인에 따른 액세서리를 고르게 된다. 하지만 무엇보다도 중요한 것은 장소에 걸맞은 멋 내기이다. 액세서리에는 드레스 코트도 포함되는데 구두는 에나멜 화야 한다는 등 장소와 격에 따른 규정이 나라마다 다르다고 한다. 권위 있는 밤에는 제대로 된 옷을 입어야 한다는 사회자의 지적도 있는데, 옷차림에 따라 정치적인 메시지도 전달된다니 멋 내기도 힘든 작업이라 하겠다.

오늘도 외출하려고 거울 앞에 서서 이것저것 액세서리를 달아본다. 모자와 목걸이, 브로치와 벨트를 착용해 봤는데 순간, 거울에 비친 내 모습에서 주제는 없고 미사여구(美辭麗句)로 포장한 수필 한 편을 보는 것 같아 재빨리 가지치기를 한다.

(『창작수필』 2016. 가을호)

 한동희 | 인동초 사랑

해 질 녘

　서너 명의 여인들이 모인 자리에서 하루 중 가장 좋은 때가 언제인가 물으면 '해 질 녘'을 우선으로 꼽을 것 같다. 해 질 녘의 느낌은 각자의 환경과 기분에 따라 다르겠지만, 나에게 해 질 녘의 낭만적 요소들은 문학의 근원이 되었고, 석양의 황홀함은 처음 받은 충격적인 아름다움이었다. 그러나 해가 갈수록 힘든 현실로 내면은 공허해지고 차츰 꿈과 희망은 등 뒤로 밀려나고 있었다. 더 이상 멍한 눈동자로 살지 않기 위해 나는 다시 순수한 사랑을 찾아가듯, 내게 꿈과 희망을 안겨 주었던 몇 편의 '해 질 녘' 풍경을 떠올려본다.

　소녀 시절, 부모님이 서해 바닷가에서 염전을 하실 때였다. 나는 서울에서 공부하며 여름방학이면 그곳에 내려가는 것이 일 년 중의 큰 행사였다. 방학하는 당일로 못 내려가면 몸살이 났는데, 그건 어머니에 대한 그리움과 수평선에 내려앉는 석양과 하늘을 붉게 물들이는 노을 때문이었다. 해 질 녘, 석양 아래 펼쳐지는 아름다운 정경에 날마다 꿈꾸는 것 같았다. 수평선에 점점이 박힌 섬들을 동경하며 낙도의 여교사가 되고 싶기도 했고, 선홍색 노을이 펼쳐지는 하늘 아래 내 또래 아이들의 줄넘기하는 모습이 환영으로 비쳐와 평화스런 그 마을에 가보고도 싶었다. 꿈과 이상은 멀리 있다는 것도 모르고 해 질 녘의 아름다운 광경에 그저 황홀할 뿐이었다.

해 질 녘, 수평선 가까이 태양이 내려앉으면 바다에 나갔던 맛꾼들은 밀려오는 물살에 잡힐세라 하루 종일 잡은 맛살을 머리에 이고 등에 지고 무릎까지 빠지는 개펄을 부지런히 빠져나온다. 맛 꾼들이 동네 언덕에 이르러 맛살을 장사꾼에게 넘겨줄 때면 하루를 무사히 보낸 감사함을 알리는 듯 어디선가 두레패들의 두렛소리가 은은히 들려온다. 산 아래 외딴 초가집 굴뚝에선 저녁밥 짓는 연기가 모락모락 피어오르고, 하얀 연기는 나를 기다리며 어서 오라는 어머니의 손짓처럼 정답게 느껴졌다. 어머니의 품 안처럼 안온하고 평화로운 해 질 녘이었다.

중년의 빛깔이 저녁노을처럼 스러져 갈 때, 홍은동 돌산 옆에서 산 적이 있다. 돌산을 깎아내린 자리에 아파트를 지었기 때문에 돌산 한 면은 아파트를 둘러싼 폭넓은 병풍 같았다. 해 질 녘이면 석양이 병풍 같은 넓은 벽면에 반사되어 소진되어 가는 빛을 신열처럼 내뿜고 있었다. 외출에서 돌아올 때면 석양을 마주하게 되는데, 벽면에 반사된 광채가 허무와 공허함으로 느껴져 목젖이 아려 왔다. 우리의 삶에서 열정과 환희가 빠져나가면 울분도 광폭할 일도

	한동희 | 인동초 사랑

함께 빠져나가듯, 그 모든 것이 빠져나간 자리에는 허무의 빛깔만
이 감돌고 있었다. 그때 석양의 스산한 빛을 바라보면서 얼마나 많
은 눈물을 흘렸던지….

그러나 돌이켜 생각해 보면, 태양은 제 할 일을 다 하고 ― 하루
종일 온 세상을 밝혀 주고 ― 비움의 자리에 와 있거늘, 자연의 순
리에 순응하지 못하고 세월의 허망함에 안타까워했던 내게 각성의
빛이 되어주었다.

이순(耳順)이 될 즈음, 여동생들과 차를 몰고 여행을 떠났다. 전
라도와 경상도 일대를 5박 6일간 여행하고, 돌아오기 전날 해인사
를 향해 달리며 바라본 어느 농촌의 해 질 녘 풍경이 잊혀지지 않
는다. 햇살은 스러지고 산그늘이 내려앉은 시골 마을은 고요하고
한가로웠다. 저녁밥 짓는 알싸한 냄새의 연기조차 피어오르지 않
는 마을은 말 그대로 무상무념의 상태였다. ― 전기밥솥으로 저녁밥
을 지을 테니 연기가 피어오를 리가 없다. ― 해인사를 향해 가는
여행객의 발길도 뜸하고 바람마저 잠든 8월 중순 무렵의 인적 없는
산마을은 사진틀에 들어앉은 한 폭의 그림처럼 움직임이 없었다.
마을이 잠든 듯 고즈넉한 평화로움이 인상적이었다.

이때 옆에 있던 오십 초반의 여동생이 하는 말.

"나는 해 질 녘이 좋아."

해 질 녘은 편안하면서도 애잔한 슬픔이 느껴진다. 그 어떤 그리
움이 가슴에 스멀거려 눈물이 난다.

칠순의 어느 날, 후배 신 선생과 주고받은 카카오톡 ─.

"지금 버스 타고 서울 가는 중이에요. 해 질 녘 산길이 좋네요.
내가 좋아하는 해 질 녘 시간!"

"그 시간을 여자들은 좋아하지요. 그 기분 만끽하세요."

"알코올 중독자가 이 시간을 못 견딘다는 말을 들었어요."

"알코올 중독자가 왜 이 시간을 못 견뎌 할까요?"

신 선생과의 문자 메시지는 여기에서 끝났고, 나는 곰곰이 생각
에 젖어 나름대로 그 이유를 유추해 본다. 알코올 중독자는 해 질
녘이 되면 술의 유혹에 걸려든다는 걸까? 해 질 녘의 쓸쓸함 때문
일까? 술에 빠져든다는 것은 자기 자신을 잊기 위한 수단이 아닐
까. 아니, 가장 순수하고 진실된 자기 자신과 만나고 싶어서일까.
그도 아니라면 붉은 태양 속으로 빨려 들어가 자신의 존재를 불태
우고 싶은 걸까. 하지만 이 시간을 못 견뎌 하는 것은 유독 알코올
중독자만은 아닐 것이다.

직장에 다니는 샐러리맨 중에는 퇴근 후 곧장 집으로 향하지 않
고 습관적으로 회사 주변을 서성이며 방황하는 사람들이 많다고
한다. 결국은 회사 근처의 포장마차에 도달하게 되고, 그곳에는 이
미 서너 명의 직장 동료들이 소주잔을 기울이고 있다. 그들은 숯불
위에 북어 새끼나 먹장어를 올려놓고 매캐하게 올라오는 연기와
알코올에 취해 누가 먼저랄 것도 없이 인생의 고달픔을 토해낸다.
자신의 고민과 갈등을 한 잔 술에 의지해 소통의 길을 찾아 나서는
사람들. 마음속의 오르고 내리는 감정의 기복으로 나 아닌 내가 되

　　　　　　　　　　　　　　　　　　　한동희 | 인동초 사랑

어 가슴에 묻어 둔 사연을 꺼내어 깃발처럼 흔들어 보는 시간이 해 질 녘이 아닐까. 아침을 희망으로 시작하지만 저물녘엔 허탈과 초조와 불안을 느끼는 현대인의 자화상에서 희망이 멀어져 가는 이 시대의 아픔이 느껴진다.

어느덧 빌딩의 그림자는 어깨 위로 내려앉고, 그들은 어둠 속에서 편안해진다. 오늘이 고달픈 삶이었다 해도 또다시 내일의 희망을 품어보는 해 질 녘 시간. 나도 그들처럼 마음속의 걱정과 근심을 내려놓고 해 질 녘의 노을처럼 살아야겠다.

(『동리 목월』2015년 겨울호)

문학이 주는 위로

'다른 직업을 택했다면 지금의 나는…'이라는 제목의 원고 청탁서를 뒤적여 본다. 다른 직업을 택하여 지금의 내가 이렇다 하고 내놓을 정도가 되었다면 아마 그 직업은 스무 살 즈음부터 뿌리내린 것이 아닌가 싶다.

지금은 나이와 상관없이 적성에 맞지 않으면 서슴없이 자리를 옮기는 다변화 시대이지만, 60년대의 젊은이들은 처음 택한 직업으로 정년을 맞는 경우가 다반사이다. 나 역시 학창 시절에는 문학이나 연극, 춤사위에 관심이 있었고 그 방면의 교내 활동에 적극적이었지만 설사 재능이 있다고 해도 그것을 키워줄 가정적 여건과 인식의 부족, 꿈을 향해 나아갈 사회적 통로를 찾기가 쉽지 않았다.

봄날의 몽환처럼 잠시 '춤꾼'이 되고 싶다는 꿈을 꾸어본 적이 있다. 그러나 춤이 예술로서의 대접을 받지 못하고 천대받던 시대였다. 큰오빠는 춤꾼이 되겠다는 나에게 눈총을 주어 주저앉혔지만, 최은희 주연의 영화 ≪검사와 여선생≫을 보고 난 후 여검사가 되겠다고 천방지축 나대는 나에게 작은오빠는 자기의 고려대학 법학과 배지를 내 가슴에 달아주며 기를 살려 주었다.

스무 살 무렵, 가정 형편이 좋거나 부모의 사회적 지위가 높은 세 친구가 의상디자이너를 꿈꾸며 일본으로 유학 떠나는 것을 보며 부러워했다. 1년 후 그 친구들이 베레모를 쓰고 한국에 돌아왔다. 마중 나간 김포 공항에서 비행기 트랩을 내리는 친구들의 세련된 모습은 마치 전쟁을 겪은 후 안정을 찾아가는 이 나라에 새로운 유행을 만들어갈 신여성들인 것 같아 경이롭기까지 했다. 베레모는 유럽의 가난한 농민들과 프랑스의 양치기가 쓰던 평범한 벨트 모자가 변형되어 유행의 첨단을 걷는 멋의 상징이 되어가고 있던 시기이기도 했다.

그 친구들은 전공을 살려 각자 제 갈 길로 뻗어나갔고, 문학의 밤과 음악 감상실을 드나들며 우울한 영혼을 달래던 나는 서울시 말단 교육공무원이 되었다. 나의 방황은 직장에 충실히 하는 것으로 서서히 날개를 접었고, 사랑하는 사람을 만나 가정을 꾸리면 그 사랑은 영원히 변치 않는 보석처럼 내 가슴에 빛이 될 것이라고 믿고 가정에 안주하고 말았다.

이따금 '결혼 지상주의'라는 시대적 사회제도에서 벗어나 좀 더 적극적으로 내 삶을 타개해 나갔다면 지금의 나는 또 다른 모습으로 변신해 있지 않았을까 하는 미몽에 젖을 때도 있었다.

내가 또 다른 직업을 선망하지 않은 것은 내 삶이 만족스러워서가 아니었다. 나는 환란과 역경 속에서 글쓰기를 시작했고 그 쓰는 행위에서 다시 살아갈 힘을 얻었기 때문에 이 작업을 지속하고 있는 것이다. "인간은 자신의 환경을 지배하지 않으면 그 환경에 지배당할 수밖에 없다."라는 러시아 소설가 에이모 토울스의 삶의 신조처럼, 나에게 있어 글을 쓴다는 것은 내 환경을 극복하는 원동력이 되었다.

제대로 글 줄이 풀리지 않아 답답할 때, 예기치 않은 삶의 여정에서 괴로움이 찾아들어 가슴에 쌓인 울적함을 토해내고 싶은 순간들이 있다. 그럴 때는 마치 내가 춤꾼이 된 것처럼 음악의 볼륨을 올려놓고 리듬에 맞춰 마음 깊은 골에 흐르고 있는 아픔까지 온몸으로 풀어내 본다. 춤동작을 혹독하게 연습하거나 기술을 연마하지는 않았지만, 노래 가사에 얽힌 사연과 선율을 따라가노라면 신들린 영혼이 내 몸의 세포들을 자극해 잠시나마 무아경에 빠져들 때도 있지 않던가.

축구 경기 중 결정적인 순간에 한 골을 넣었을 때 선수와 관중이 내뿜는 폭발적 함성을 들으며 그 순간의 피돌기가 우리를 살리는 것이 아닌가 하는 생각이 들곤 한다. 이는 음악이나 춤에서 위로를 얻는 것과 같은 맥락이라 하겠다.

우리는 이렇게 누군가를 위로하고 무언가에 위로받으며 삶을 영위해 나간다. 텔레비전에 비친 무용수들의 일그러진 발 모양과 축구선수의 절묘한 발놀림은 피나는 노력의 결과이기에 나에게도 그런 끈기와 기교가 있을지 의구심이 들지만, 그래도 굳이 다른 길을 갔다면 '춤꾼'이 되었을 것 같다. 문학이 마음속의 밑그림을 서서히 녹여내는 정적인 작업이어선지, 춤과 어우러진 음악이나 스포츠처럼 단번에 스트레스를 해소시켜 주는 폭발력은 없는 것 같다.

그렇다면 문학이 주는 위로는 무엇일까. 문학은 어떤 정점을 향해 질주하고 경쟁하며 피나는 노력을 한다고 해서 이루어지는 것은 아니다. 문학은 자연적인 일상의 연속으로, 삶의 경건함과 지진함이 한데 어우러진 경험이 추억이 되고 그것을 기억에서 끌어내어 재생시키는 작업이며, 우리가 알지 못하는 미래에 대한 상상과 창조가 결합된 복합적 요소들로 구성된다. 독자는 작가의 가슴에 내재되어 있는 실수와 절망, 방황과 고뇌를 읽고 진정한 삶의 세계로 나가는 활력을 얻게 된다. 이렇게 작가의 자화상에서 은근히 우러나는 삶의 변주곡들이 독자의 마음에 피딱지처럼 달라붙어 있다가 서서히 용해될 때 문학이 주는 위로가 시작되는 것이 아닐까.

스무 살 즈음에 뿌리내린 문학의 나무 아래에서 두 번째 인생을 살아온 나. 이제 수필가라는 이름으로 36년을 살아왔다. 나는 춤과 스포츠처럼 단숨에 스트레스를 해소시켜 주는 폭발력에 매력을 느끼는 편인데, 한편 나의 뇌 조직 어딘가에 숨어있는 문학의 DNA가 차분히 사유하며 글을 쓸 수 있게 한다는 것이 신기하고 고맙다.

그렇다고 이렇다 하게 내세울 만한 역작이 있는 것은 아니지만, 글을 쓸 때 가장 행복하니 '수필가'라는 직업은 하늘이 내게 내려준 축복이 아닌가 싶다.

(『그린에세이』 2021. 1~2월호 권두 에세이)

멘토에 대하여
- 삶의 힘, 내 인생의 멘토들

"엄마는 가장 행복했던 때가 언제였느냐?"

아들이 내게 하는 질문이다.

지난 세월을 돌이켜보면 고통과 후회뿐인 것 같은데, 그래도 어느 순간 행복한 때가 있었기에 지금까지 버텨온 게 아닌가 싶기도 하다. 내가 행복했던 때는 새로운 세계에 도전하여 인정을 받았을 때와, 나의 슬픔이나 고통에 귀 기울여주고 용기와 희망을 주던 이들과 교류하던 시절이었다.

사십 대 초반, 남편의 사업 실패로 그간 쌓아놓은 경제적 기반이 무너지자 정신적 공황 상태에 빠졌다. 그해 겨울은 유난히 춥고 눈이 많이 내렸다. 나는 비쳐오는 햇살마저 사치스러워 가장 어둡고 습한 방에서 지냈다. 태풍이 지나간 후의 고요와 공허감 속에 나는 외부와의 접촉을 차단하고, 자고 나면 창틀에 쌓인 눈과 작은 창을 통해 들어오는 하늘을 바라보며 삶과 죽음 사이를 오가고 있었다.

"엄마는 글을 잘 쓰니까 작가가 되는 게 좋겠어요."

중학교 2학년생이던 아들이 말했다. 아들은 죽어가던 내 영혼에 작은 불씨를 지펴준, 내 인생의 첫 멘토가 된 것이다.

그때 아들이 원하는 작가가 될 자신은 없었지만, 일단은 용기를 내어 백일장에 도전해 보기로 했다. 겨우내 어두컴컴한 방에 누워 있던 몸을 일으켜 교보문고에 나가 '수필작법'을 구하여 읽고 원고지 쓰는 법부터 다시 공부했다. 내가 백일장에 나가기로 마음먹고 움직인다는 자체가 다시 살아갈 준비를 한다는 의미로 느껴졌다.

사단법인 대한주부클럽이 주최하는 '신사임당기념 백일장'에 '창(窓)'이라는 주제의 수필 제목을 택하여 창틀에 쌓인 눈과 작은 창을 통해 들어오는 하늘을 보며 인생의 참됨과 허상을 그린 글로 입상했다. 그때 심사위원이었던 수필가 윤모촌 선생님과의 인연으로 선생님께 정식으로 수필 공부를 시작하게 되었다. 선생님은 문단 등단의 길이 까다로운 서정범 선생께 나를 맡기셨는데, 서정범 선생님이 등단을 미루며 나를 애먹이셔서 수필 쓰기를 포기할까 하는 생각을 해본 적이 있다. 이에 윤모촌 선생님은 놀라시며 "글쓰기의 축복은 아무에게나 내려주는 것이 아닌데 그 축복을 왜 포기하려 하느냐."라고 나무라셨다.

등단하고 처음으로 잡지 『신동아』에 15매 분량의 수필 〈지참금과 혼수〉를 발표했는데, 그 글을 읽은 서정범 선생께서 "내게 공부한 사람답게 문장이 튼튼하다."라며 흐뭇해하시던 모습이 떠오른다. 등단을 시킬듯하면서 미루고 미뤄 나를 애태웠던 서정범 선생님도 나를 훈련 시킨 훌륭한 멘토였다.

그 후 나도 한 번쯤은 많은 사람의 시선을 받고 싶어 반짝이는 글을 썼는데 윤모촌 선생님께서는 "요즘 한 여사가 흔들리는 것 같다"라며 국어사전처럼 두꺼운 '한국문학 전집'을 내 집 앞까지 들고 오셔서 이 속에 들어있는 작품의 문장이나 주제 등을 살펴보라고 하셨다.

윤모촌 선생님과 나는 스승과 제자로 만났지만, 시간이 흐를수록 가족과 같은 허물없는 정과 신뢰가 쌓여갔다. 마치 아버지처럼 엄하면서도 부드러운 속정이 깊어, 나는 웬만한 가정사까지 토로하며 응원을 청하기도 했다. 또한 모자라는 지식을 보충하는데 부끄러움 없이 질문하고 세상사의 바른길을 가르침 받으니, 선생님은 참으로 나의 훌륭한 멘토셨다. 내 글쓰기의 발전이 빠르다며 "이런 맛에 가르친다."라는 말씀으로 내게 글쓰기에 대한 희망과 용기를 주신 분이다.

'멘토'라는 두 글자를 눈앞에 두고 생각에 잠겨본다. 그동안 많은 사람들이 멘토가 되어 나를 염려하고 조언해 주었건만, 나는 나의 노력으로 여기까지 왔다고 생각했던 것 같다. 남의 조언에 감사할 줄 모르는 것도 염치없는 일이지만 남에게 멘토가 되어주지 못한 점도 부끄러운 일이다. 굳이 수필을 쓰게 된 동기와 그간의 사연을 풀어놓은 것은 내 생애 가장 행복했던 구간이었다는 생각이 나를 지배하고 있었기 때문이다. 윤모촌 선생께 수필 공부를 할 때는 세상사 근심에서 조금은 멀어질 수 있었던 내 인생의 안식년과 같은 시간이었다. 더욱이 아픈 속내까지 털어놓을 수 있는 분이 곁에 계신다는 것만으로도 위안이 되었다. 문학이라는 어장에 뛰어들어 또 다른 삶의 의미를 모색해 가는 고뇌의 시간은 살아있음의 징표이기도 했다. 나는 아들 덕분에 수필가가 되어 인생 이모작으로 풍성하게 살았는데, 아직도 외롭게 힘든 길을 가는 아들의 멘토가 되어주지 못해서 가슴이 아프다. 그것은 신의 영역이기에….

며칠 전 윤모촌 선생님의 아내 조정복 여사마저 영면하셨다. 선생님 생전에 그 댁에 가면 사모님은 퀼트 보따리를 내 앞에 펼쳐놓고 자랑하시곤 했다. 나도 퀼트를 배웠기 때문에 주거니 받거니 시간 가는 줄도 모르고 만든 작품 이야기에 빠져들면 선생님은 '한 여사는 내 손님'이라며 슬머시 핀잔을 주시던 모습이 떠오른다. 미루어 짐작하건대 사모님도 그즈음이 가장 행복하셨던 때가 아니었나 생각된다. 이제 행복했던 시절의 한 분이 또 세상을 떠나셨으니 세월이 야속하기만 하다.

아픔의 바이러스도 남에게 전염될 것 같아 혼자 아파하는 지금, 선생님께 속내를 털어놓았던 철없던 시절이 그립기만 하다.

(『그린에세이』 2020. 5~6월호)

다섯 살 즈음

- 오래된 기억의 창고

우리는 어린 날의 기억을 몇 살 때까지 되살릴 수 있을까.

어떤 사람은 2~3세 때의 일도 기억난다니 놀랍기만 하다. 그건 각자의 뇌 기능에 따라 다르겠지만, 나는 아무리 생각해 봐도 다섯 살 즈음의 일은 기억나고 그보다 어린 나이의 일은 기억에 없다. 그것도 또 다른 사소한 일은 기억나지 않고 유독 울분과 분노를 토해내던 한 장면만이 뚜렷이 떠오르는 것은 무슨 연유에서일까. 수많은 일 중에서도 유독 잊히지 않는 장면이 있다면 그건 분노와 같은 격한 감정이나 또는 따뜻하고 아름다운 감정이 뇌를 자극할 때 순간적으로 그때의 장면이 기억의 창고에 저장되는 것이 아닐는지…. 나는 뇌에 관한 의학적인 상식이 없어서 내 다름대로 유추해 보는 것이다. 다섯 살 즈음의 기억에 떠오르는 정경은 마치 노르웨이의 표현주의 작가 에르바르트 뭉크의 '절규'와 같은 그림에 오버랩되곤 한다. 다섯 살 아이가 감당하기에는 힘든 감정의 분출이었기에 원초적인 갈구와 애원이 배어 있는 뭉크의 절규와 같은 극한 상황을 연상하게 되는 것 같다.

다섯 살 즈음, 우리 집은 시흥에서 정부 양곡을 도정하는 정미소를 하고 있었다. 넓은 공터에는 알곡을 탈곡하고 난 다음에 쌓아 올린 수십 개의 볏짚 더미가 있었다. 나는 쌓인 볏짚 더미 사이를 옮겨 다니며 작은고모와 술래놀이를 했다. 그곳은 나의 유일한 놀이터였다.

그해 어느 초겨울 날 어머니는 친정(나의 외갓집)에 급한 볼일이 있었던가 보다. 고모와 술래놀이하는 사이 어머니는 슬며시 집을 빠져나가 친정으로 가셨다. 어머니가 나를 떼어놓고 간 것을 나중에 알고 속았다는 분한 마음으로 땅에 퍼질러 앉아 통곡하던 순간이 내 기억에 입력되었다. 어린 나이에 무슨 체면이 있었겠는가. 그저 울분을 가라앉히지 못하고 마구 '엄마'를 부르며 몸부림치던 모양새만 떠오를 뿐이다. 나도 어머니를 따라 외갓집에 갈 요량으로 단단히 마음먹고 있었지만, 어머니가 친정에 갈 채비하는 동안 고모와 술래잡기 놀이에 빠져 있다가 어머니를 놓치고 만 것이었다. 어린 나이였지만 두 사람이 짜고 나를 속였다는 배신감과 분노가 순간적으로 머릿속에 인각된 것이 아니었나 생각된다. 그때의 분노는 어린 마음에 대단한 상처를 입혔던 것 같다. 어머니와 고모는 두 사람에게서 받은 나의 소외감을 어떤 방법으로든 달래주었겠지만 오랜 세월이 지나도 응어리진 기억으로 남아있는 것은 술래잡기의 즐거움보다 잃어버린 것에 대해 허전함이 크게 작용했던 것 같다. 어머니에 대한 그리움과 어머니를 놓쳐버린 안타까움, 믿었던 사람들에 대한 배반이 울분과 절규로 나타나 한 장의 스냅사

진처럼 뇌에 인각된 것은 아니었을까.

고대(7, 8세기경) 그리스에서는 매년 '비극경연대회'가 열렸다. 인간의 운명과 맞서 싸우는 영웅들의 이야기가 대부분인데 영웅들이 겪는 고난과 두려움, 역경을 헤쳐나가는 과정들을 보며 시민들의 감정이 간접적으로 정화되고 그 과정을 체험할 수 있어서 국가도 시민들에게 장려했다고 한다. 이것은 주로 어른들의 감정을 순화시키는 감정조절의 한 방법이었던 것 같다. 고대로부터 현대에 이르기까지 인류는 국가와 국가 간의 대립과 사회적인 불안, 긴장과 역경 속에서 역사가 이루어졌다. 더욱이 지금은 온 세계가 '코로나19'의 팬데믹에 갇혀 세상이 온통 격한 감정들로 엉켜 여기저기 분노가 폭발하는 현세이기에 서로의 평화와 내일의 희망을 위해 지혜로운 감정조절 방법을 생각해야 할 때가 아닌가 싶다. 어른들은 이성적인 판단으로 감정조절에 접근할 수 있다지만 단순하고 예민한 어린아이들의 격한 감정을 예전에는 어떤 방법으로 순화시켜 주었을까. 지금은 문화시설의 발전으로 여러 가지 놀이기구와 또 다른 치유 방법으로 아이들의 슬픔이나 분노를 해소시켜주는데 도움이 되지만, 놀이기구가 없고 먹거리가 귀했던 그 시절의 어머니는 다섯 살 어린 나의 분노를 어떻게 다독여주셨을까.

차츰 나이 들어가며 연상되는 것은 나를 등에 업고 "어와 둥둥 내 사랑아!"라고 토닥여 주었을 어머니의 모습이다. 가슴에 분노가 쌓이는 날, 다섯 살 어린아이가 되어 그 넉넉하고 따뜻한 어머니의

          한동희 | 인동초 사랑

등에 업혀 위로받고 싶어진다. 뭐니 뭐니 해도 분노를 치유하는 명
약은 따듯한 사랑의 손길이 아닌가 싶다.

(『창작수필』 2021. 여름호)

존재의 의미

1.

'세상에서 가장 아름다운 것'에 대한 원고청탁을 받았다. 언어(단어)나 사람이라는 부제도 달렸다. 늘상 뿌연 하늘처럼 마음이 흐려 있어서 아름다운 것은 눈에 들어오지도 않고, 내 삶의 버팀목은 '수필'이라고 완강하게 매달렸던 수필에 대한 열정도 폐업한 어느 상점의 간판처럼 내려진 지 오래되었다.

지금 내 간은 굳어가고 있다. 나도 이 세상과 작별하는 날 '이 세상의 소풍은 아름다웠노라'라고 말하고 싶은데 아직도 해결 못한 과제가 남아있어서 안타깝고 초조할 뿐이다. 이러한 와중에도 수필에 대한 미련에서 벗어나지 못하는 것은 쉼 없이 원고 청탁서를 보내 주시는 창작수필의 오창익 교수님과 그린에세이의 이선우 발행인의 보이지 않는 끈끈한 정(情) 때문이 아닌가 싶다. 그러고 보면 사람과 사람 사이를 이어주는 '정'이란 세상에서 가장 아름다운 단어라고 할 수 있겠다. 두 분과의 인연은 30여 년이 넘었으니 나의 수필 인생과도 맞먹는 셈이다. 원고를 보내지 않으면 언젠가는 나도 줄 끊어진 연이 되려니 생각하고 있지만, 때가 되면 틀림 없이 원고 청탁서를 보내 주는 두 분의 배려는 그나마 굳어져 가는 내 몸과 마음에 윤활유가 되어주고 있다. 그분들은 별로 감동도 없는 내 글을 왜 기다리는 것일까. 이선우 사장은 운동 부족으로 근력이 떨어지듯, 너무 오래 글을 쓰지 않으면 존재감이 없어진다고 글쓰기를 재촉한다. 작가는 글로써 자기의 존재감을 나타내야 한다는 것일 테지만, 세세하게 나를 드러내는 것도 싫고 그렇다고 수박 겉핥기식의 속내 없는 이야기를 늘어놓는 것도 마음에 들지 않는다.

2.

시내에 나갔다가 우연히 시청 건물 벽에 걸린 현수막에 눈길이 갔다. "잊지 않는 것이 최고의 훈장입니다" 그 아래에는 '항일 의병, 순국선열, 호국영령, 산업역군, 민주열사'라고 쓰여 있다. 아마 6·25, 69주년을 맞아 역사의식을 상기시키고자 내 걸은 구호인 것 같다. '잊지 않는 것이 최고의 훈장입니다'가 아니라 '잊히지 않는 것이 최고의 훈장입니다'라고 하는 것이 맞는 말이 아닐까 하는 생각을 잠시 해본다. 그러나 벽에 걸린 구호에는 후세들에게 나라를 위해 앞서간 영웅들의 역사적 존재감을 심어주려는 뜻이 담겨 있는 듯하다. 대한민국의 정체성이 흔들리고 국가안보가 걱정되는 이 시대의 많은 사람들이 한 번쯤 생각해 볼 구호가 아닌가.

3.

얼마 전, 마크 펠링톤 감독의 영화 ≪내가 죽기 전에 가장 듣고 싶은 말≫을 감상했다. 셜리 맥 크레인(해리엇 역)은 은퇴한 광고 에이전시 보스로 자신의 사망 기사를 미리 컴펌하기 위해 사망 기사 전문 기자 '앤'(아만다 사이프리드)을 고용한다. 하지만 해리엇의 까칠한 성격 탓에 주변 사람들은 모두 저주의 말만 퍼붓고 사망 기사를 쓰려는 앤은 좌절하고 만다. 소원한 딸과의 관계, 남편과의 오랜 별거, 사업가들과의 경쟁과 갈등에서 보듯 해리엇의 인생도 평탄하지만은 않다. 해리엇은 개성이 강하고 추진력 있는 사업가로 여러 가지 일에 심장을 너무 써서 언제 심장이 멈추어 버릴지 모른다는 의사의 진단을 받고 그간 성격 차이로 멀어졌던 사람들과의 관계 회복에 몰입한다. 해리엇은 앤과 길거리에서 만난 창의적이고 호기심이 많은 흑인 소년과 함께 여행하며 노래하고 춤을 춘다. 그 모습이 열정적이고 긍정적이어서 침체된 나 같은 사람에게까지 에너지가 충전되는 느낌이 들었다. 나도 해리엇처럼 사람들과 어울려 노래하고 춤추는 것을 좋아했는데…. 까칠한 성격의 헤리엇이 주변 사람들에게 끼친 영향력을 코믹하고 따듯하게 전개해 나가는 과정에서 실패한 사람은 희망과 용기를 얻게 되고, 원망과 미움을 화해와 포용, 배려로 마무리하는 인생을 배우게 된다. 해리엇은 그들과 어울려 즐겁게 여행하는 도중에 그들 곁에서 조용하고 편안하게 눈을 감는다. 그리고 해리엇은 추모식에 모인 사람들의 눈물과 그리움 속에 '잊지 못할 존재'가 되어 먼 길을 떠난다.

　‘내가 죽기 전에 가장 듣고 싶은 말’은 무엇일까. 영화를 보기 전에는 ‘사랑한다’라는 말이었다. 주변 사람들에게서 ‘사랑한다’라는 말을 들으면서 죽는다면 잘 살아온 인생이 아닐까 싶었다. 그러나 영화를 보고 난 후 생각이 바뀌었다. “당신을 사랑한다”라는 말보다 “당신은 잊을 수 없는 사람”이라는 말이 죽어서도 존재감이 있을 것 같다. 잊히지 않는 사람이 되려면 그만큼 삶의 순도가 높아야겠지만….

　“내가 태어날 때 나는 울고 남들은 웃었다. 내가 죽을 때 나는 웃고 남들은 울 수 있으면 좋겠다.”라는 영화 중의 한 대목을 떠올리며 영화관 문을 나섰다.

(『그린에세이』 2019. 9~10월호)

나의 초상화

주말이면 신문에 연재되는 김형석 연세대 명예교수의 〈100세 일기〉를 빠짐없이 챙겨본다. 100년의 세월 속에 녹아든 희로애락을 통해 참된 삶의 지혜와 의미를 느낄 수 있고, 한국의 근현대사를 살펴볼 수 있으며, 100년을 지켜 온 건강 비결에도 관심이 간다.

이제 내 나이도 칠십 중반에 이르렀으니 100세에 희망을 건다고 해서 나무랄 리 없겠지만, 그것은 나의 과욕일 뿐이다. 오래도록 건강하고 행복하게 살기를 바라는 인간의 염원은 한결같지만, 100세를 향해 가려면 몇 가지 끊임없는 수련이 필요하다. 마음에서 욕심을 모두 털어내고 매사에 감사하며, 자기가 좋아하는 일을 열정적으로 하면서 적당히 운동도 해야 한다는 김형석 교수의 건강 비결을 모르는 사람은 없을 것이다. 어찌 보면 이것은 누구나 할 수 있는 쉬운 일 같지만 이처럼 어려운 일도 없는 것 같다. 나는 끈기가 부족하여 장수 수칙을 따르기 힘들지만 얼마 남지 않은 삶이라도 어떻게 해야 좀 더 행복하고 가치 있게 살 수 있을까, 그 해법을 찾고 싶은 것이다. 이번 주 100세 일기는 '고독'으로 시작되어 소식

　　　　　　　　　　　　　　　　　　　

없이 떠나버린 옛 친구들에 대한 회상과 그리움으로 이어진다.

나도 고독하다. 친구와의 이별을 준비해야 할 연륜에 이르기는 했지만, 아직은 삶의 행로에서 겪는 자식에 대한 애달픈 정에 무게가 실린다. 햄릿이 '죽느냐, 사느냐'를 번민했듯이 나의 고민이 자식에 대한 어떤 선택의 기로에 이르렀을 때, 이 세상에 홀로 남은 듯 쓸쓸하고 고독하다.

김형석 교수의 고독은 '떠남'에 근간을 두고 있다. 90을 넘기면서 가장 힘든 것은 늙는다는 생각이 아니라 찾아드는 고독감이라 했다. 이 문구를 보니 어딘가에서 읽은 글이 생각난다.

김형석, 김태길, 안병욱 교수는 국내 3대 철학자이자 수필가로 평가받는다. 어느 날 김형석 교수가 "봄, 여름, 가을, 겨울 계절이 변하는 때 얼굴 보면 어떻겠는가?"라고 제안했는데, 김태길 교수는 "정이 들면 들수록 떠나보내는 마음이 얼마나 쓸쓸하고 아프겠는가?"라며 거절했다고 한다. 김형석 교수는 김태길 선생과 안병욱 선생을 먼저 보낸 후 내 인생을 홀로 사는 것 같았고, 허전했다고 고백했다는 후일담이 있다. 오랜 세월 자주 만난 친구도 상대방에게 상처받고 하루아침에 멀어지는 경우가 허다한데, 신뢰와 존중으로 이어진 우정은 죽은 후에도 이어진다는 것을 느끼게 해주는 장면이다.

100세 일기는 이어서 떠난 뒤의 '공허함'을 말한다. '나 혼자 남겨두고 다 떠나가는구나' 하는 공허감. 자녀들도 다 제 길을 떠나가야 하고 친구들도 소식 없이 떠나버린다. 옛날 동창들 가운데 누가 남아있나 생각해 보아도 국내에는 한 사람도 없다고 했다. 미국 로스앤젤레스에 살던 C목사의 얘기는 들리지 않고. 브라질로 이민 간 H형이 최근 세상을 떠난 것 같다는 소식뿐이라고 한다. H는 교수로 있다가 정부의 차관직을 맡고 있었는데 불의와 타협하지 않았고 잔꾀를 부리는 것을 싫어한 친구였다고 소개했다. 순간 내 가슴이 '쿵' 하고 내려앉는 것 같았다. H는 내가 27년 전에 브라질에서 만난 한국진 목사가 틀림없다는 생각이 들었다. 먼저 떠난 옛 친구를 떠올리며 그리워하는 100세 노인의 회상 글을 읽으며, 내게는 그런 친구가 몇이나 될까 생각해 본다.

나는 브라질의 한국 이민 30주년 되던 해에 브라질에서 잠시 살았다. 그때 이민 1세대와 2세대 60여 명을 만나 이민 초기의 애환과 교민 사회의 발전상을 취재하는 중에 한국진 목사를 만났다. 이따금 그의 근황이 궁금했는데, 세상을 떠났다는 소식에 그리움 같은 뭉클함이 느껴졌다. 아마도 올해 98세쯤 되지 않았나 싶다.

한국진 씨는 서울대학과 숙명여대에서 강의하던 중 중앙부처의 요직에 앉게 된다. 관료보다는 학자로 남고 싶어 대학에 다시 돌아올 것을 다짐하지만, 그의 변화되는 인생 여정으로 학자로의 꿈을 이루지 못하고 만다.

그는 보사부 차관 때 브라질로의 한국 농업이민을 시행한다. 비좁은 땅에서 살아나려면 많은 사람이 해외로 이주하는 길뿐이라는 신념으로 광활한 남미에 한국인의 영토를 마련하는 데 기틀이 되고자 노력하였다. 그는 남미의 여러 나라를 여행한 경험이 있는데,

브라질만큼 살기 좋은 나라가 없고(70년대 초 국민소득이 1인당 4천 달러) 브라질 사람들의 친절한 인심에 감동하여 브라질로의 이민을 결심한다. 그는 브라질에 와서 미국의 훼이스 신학대학 브라질 분교에서 종교 교육학 박사학위를 받았고, 여생을 전도 사업에 이바지하고 있었다.

그는 음악과 미술에도 재능이 있어서 동경 유학 시절 우리나라의 기라성 같은 음악가들과 해변을 거닐며 열창하던 가곡 〈내 고향 남쪽 바다〉를 소리 높여 부르는 모습은 여전히 로맨틱해 보였다.

그의 집 거실 벽에는 거울에 비친 자기 모습을 보며 그린 초상화가 걸려 있다. 53세에서 55세까지 3년에 걸쳐 그린 자화상인데 그는 "초상화는 평생을 걸려 그려도 완성될 수 없다."라는 의미 깊은 이야기를 하였다. 아침저녁 비치는 태양광선의 위치가 다르고, 하루 중에도 피부의 움직임이 수없이 변하듯, 우리의 인생도 그렇게 파란만장한 굴곡 속에 쉼 없이 변하고 있다는 의미가 담겨 있는 듯했다.

세상의 권좌를 버리고 가시밭길을 헤쳐 가듯, 수만 리 타국에 가서 칼칼한 성격으로 대쪽 같이 살며 사랑을 실천한 한국진 목사. 초상화는 평생을 걸려 그려도 완성될 수 없다는 그의 말을 되새기며, 지금 나는 나의 초상화를 어떤 모습으로 그려가고 있을까 생각해 본다.

저녁노을에 비친 내 피부의 움직임은 아직도 파도처럼 요동치고 있을까, 호수처럼 잔잔하게 흔들리고 있을까.

(『그린에세이』 2019. 3~4월호)

인동초 사랑

내가 남편 될 사람에게서 받은 첫 고백은 "사랑한다"라는 말이 아니라 "나에게는 어머니가 두 분 계시다"라는 말이었다. 그는 작은어머니에게서 태어났다. 이 사실을 알게 된 친정아버지는 나를 망연자실 바라보실 뿐, 사랑에 눈먼 딸을 제어할 아무런 힘도 없어 보였다. 나는 아버지 앞에서 "내 인생은 내가 책임진다"라는 말을 겁도 없이 내뱉었다. 책임이 얼마나 무겁고 중한 것인지도 모르면서…. 나는 그의 사랑에 대해 확신이 있었고, 그 어떤 사회적 편견도 두렵지 않았다.

그러나 사회적인 지위가 높고 권위 의식이 강한 집안일수록 서출(庶出)에 대한 인식은 여전히 조선 시대에 머물고 있음을 현실로 받아들여야 했다. 그 집안의 일원이 되고자 했던 남편의 끈질긴 종자(種子) 의식으로 내 생은 슬프게 물들어 갔다.

결혼을 앞두고 시어머니 되실 분이 나를 시댁의 선산에 데리고 갔다. 광릉의 수려한 경관에 둘러싸인 선산에는 윗대 조의 묘소가 차례대로 모셔져 있었고, 어느 때 무슨 벼슬을 했다는 비문에서 명

문가의 위세가 엿보였다. 선산을 둘러보고 시아버지가 돌아가시면 묻히게 될 가묘 앞에 앉아 휴식을 취하고 있었다. 그런데 갑자기 산지기가 달려오더니 "지금 큰댁 어머니가 선산에 오르고 계시니 빨리 몸을 피하세요."라는 말에 반대편 능선을 타고 도망치듯 내려왔던 일은 큰 충격이었다.

이로 인해 '사랑은 눈부심이요, 아름다운 슬픔'이라고 생각했던 나의 사랑론에 변화가 일기 시작했다. 어쩌면 사랑은 연민에서 싹트는 것일지도 모른다는 생각이 나를 지배해 가고 있었다. 그의 호탕한 웃음 뒤에 감춰진 눈물과 가슴속에서 들끓는 분노와 좌절, 방황에 연민을 느끼며, 아버지 앞에서 내뱉은 '내 인생을 책임'지기 위해 자신과 외로운 싸움을 시작해야 했다.

남편은 매사 열정적이어서 일도 사랑도 끝을 보고야 마는 조금은 무모한 사람이다. 어떤 일이든 긍정적으로 생각하는 낙천적인 기질이어서, 계산적인 치밀함보다 남을 자신의 마음처럼 믿어 다른 사람의 무거운 짐까지 지고 돌아올 때가 많았다. 그가 일과 사랑에 빠져 헤어나지 못하는 것은, 태생적 외로움으로 인한 사람에 대한 그리운 정(情)의 발로는 아니었을까.

나는 그의 가슴에 일고 있는 바람의 정체를 뒤쫓으며 그의 충실한 동반자가 되기를 원했다. 그러나 그는 이러한 나의 마음을 쉽게 헤아려 주지 않았다. 나는 때때로 그의 어머니를 향한 애절함에 가려지고 자칫 그들의 희생양이 되곤 했다. 내 입에서 시어머니와 시누이들에 대한 '시' 자만 나와도 남편은 '안개 피우지 말라'며 내 입을 봉해 버렸다. 시집 식구들은 나를 마치 그들의 사랑으로 결집한 울 안에 침입한 이방인 대하듯 했고, 시어머니와의 갈등으로 오랜 세월을 아픔 속에서 살아야 했다.

남편은 나와 시어머니 갈등 사이에서 숨통을 트이려는 방편으로 외도를 택했다지만, 그의 외도는 나를 깊은 절망과 슬픔의 나락으로 끌어내렸다. 나는 남편이 오랜 기간 숨겨둔 여자를 찾아냈고, 그녀의 방에 놓인 분홍색 시트가 덮여 있는 더블 침대를 보면서 아찔한 현기증과 함께 온몸의 기(氣)가 모두 빠져나가는 것을 느꼈다. 나는 집에 돌아와 처음으로 내 방에도 더블 침대를 들여놓았다. 그것은 누구도 감히 내 가정을 무너뜨릴 수 없다는 나 자신에 대한 결의요, 남편에 대한 시위였다.

한차례 심한 세찬 풍랑을 겪은 후 남편의 방황은 잠잠해졌고, 그는 다시 제자리로 돌아왔다. 그의 일에 대한 집착은 본가에 인정받고 싶은 일종의 자기 최면 같은 것이었다. 그들과 같은 대열에 서고 싶은 몸부림으로 그는 늘 고달파했지만, 지나친 과욕이라는 곱지 않은 시선을 받곤 했다.

여전히 그에 대한 연민이 계속되었던 것은 그의 내면에 인각되어 있는 아픔과 분노가 그대로 내게 전이된 까닭이기도 하다. 그것은 결과적으로 그의 반복되는 실수와 실패를 용인하는 꼴이 되어 나에게 치명타가 되었다.

나는 남편 컨트롤에 실패한 사람이지만, 그래도 험한 풍파를 용케 헤쳐 나온 것은 아픔과 갈등 속에서 싹튼 남편에 대한 곡진한 사랑이 있었기 때문이다. 남편은 지난 상처를 훌훌 털고 이젠 나와 함께 행복의 자리를 튼실하게 지키고 있으니 폭풍우 속을 지혜롭게 헤쳐 온 보람이라고 하겠다. 사랑에 등식이 있는 것은 아니지만, 우리는 서로 사랑하는 방법이 달라 힘이 들었을 뿐이었다.

남편의 배신을 겪으면서도 자신을 죽여야 살아나는 연민은 겨울의 세찬 비바람을 이겨내고 살아난 인동초(忍冬草) 같은 사랑이라고나 할까. 그렇게 연민 속에 세월은 흘러 이제 나도 육십 줄에 들어섰다. 그리고 이제는 자신을 다스리는 담담함도 터득하게 되었다.

내 생애 63페이지는 무채색이다. 사랑도 미움도 빠져나간 무채색의 텅 빈 곳에, 이전에 간간이 스치고 간 외로움과는 또 다른 낯선 외로움이 똬리를 틀고 앉아 있다. 가을비의 우수(憂愁) 같은 외로움이 또다시 몸 안에 번져가고 있었다.

(『가슴이 따뜻한 사람들』 2006. 11월호)

거리의 악사

한숨 자고 눈을 뜨면 새벽 한두 시경. 불면의 밤일 때가 여러 날이다. 건너편 아파트 창문에도 군데군데 불면의 영혼들이 불을 밝히고 있다. 그들이 잠 못 드는 건 열아홉 살 열꽃 같은 그리움에서일까. 나도 그처럼 목젖 아린 그리움에 긴 밤을 지새우면 좋기라도 하련만, 이제는 이별을 준비해야 할 나이, 석연찮은 미래에 대한 불안이 불면의 이유이기도 하다.

가슴과 등줄기의 심한 통증으로 잠이 깬 이른 새벽, 건강상의 위험한 징조가 아닐까 덜컥 겁도 나지만 가슴을 두드리고 등 마사지를 해주면 가라앉는 병. 그것은 한국인에게 가장 많다는 울화병이 아닌가 싶다. ─ 어쩌면 역류성 위염인 것도 같고─조용한 클래식 음악을 들으면 마음도 안정되고 다시 잠들 수 있을까 해서 그리 해보지만 생각만 깊어져 갈 뿐이다.

거실을 서성이다가 이리저리 텔레비전 채널을 돌리다가 한 화면에 시선이 고정된다. 인디밴드의 열정적인 연주와 신들린 듯 머리를 흔들어대는 로커들의 몸동작에 맞춰 함께 어울려 환호하며 좌우로 몸을 흔드는 관중들과 노래 가사, 음률, 몸동작에 동화된 소극장 안의 열기가 내게도 전해지면서 답답한 가슴에 다소나마 숨통을 틔워준다. 지금 저들에게 무엇이 필요하겠는가. 돈도 명예도 아니고 오직 공감 속에 희열을 느끼는 카타르시스만이 있을 게 아니겠는가.

나도 그들처럼 음악에 맞춰 몸을 흔들어 본다. 조용한 음악과 시원한 물가에서만 힐링이 되는 것이 아니다. 이렇게 역동적인 무아지경에서 얻어지는 힐링의 힘은 곧바로 삶의 에너지로 연결된다.

소녀 시절에는 무용과 연극, 문예반을 돌아가며 끼를 발산했다. 나는 그중에 글을 쓰고 싶은 욕구가 좀 더 강했던지 30여 년 수필을 통해 자연과 사람과 세상을 만났다. 그러나 살다 보면 글로도 표현 못 할 사연이 있고 기도로도 평정되지 않는 울컥함이 가슴에 쌓여간다.

어떻게 살아야 나답게 사는 걸까? 어떻게 해야 가슴에 쌓여있는 지난한 감정들을 해결할 수 있을까? 거듭 생각해 봐도 그건 나를 부수고 타고난 기질대로 살아야 할밖에 달리 방도가 없는 것 같다. 그것은 생각과 달리 힘든 일이지만, 이제라도 타고난 '끼'를 발산할 수 있는 은총이 내려지기를 간절히 소망해 본다.

이럴 때 생각나는 글귀가 있다.

"이 세상에는 위대한 진실이 하나 있어. 자네가 무언가를 간절히 원할 때 온 우주는 자네의 소망이 실현되도록 도와준다네."

파울루 코엘류의 ≪연금술사≫에 나오는 구절이다. 사람들은 용기와 희망을 얻기 위해 이 글귀를 책상머리에 붙여둔다고 한다.

수년 전이었다. 나와 비슷한 속앓이로 힘들어하는 여동생들과 3인조 여성 보컬 그룹을 만들어 외국을 여행하면서 거리의 악사가 되어보자는 의견을 내본 적이 있다. 우리의 전통 타악기로 사물놀이의 흥을 돋우고, 한국인의 한과 익살이 담긴 '품바' 춤을 추어보자는 것이었다. 아래 여동생은 노래경연대회에 나가 우승한 경험도 있고 악기 다루는 실력도 있으며 남을 웃기는 재주도 있다. 막내 여동생은 역마살을 타고났는지 한 곳에 붙박여 사는 건 지루하고 답답하다며 삶의 터전을 자주 옮기는 편이다. 거리의 악사가 되어 여러 나라를 돌아보자는 것도 막내 여동생의 발상이었다. 한번 결정하면 차질 없이 밀고 나가는 추진력이 있어서 항상 생각만 하다가 주저앉는 나를 못마땅해한다. 동생은 손재주가 많아서 있는 자격증만 대여섯 개가 된다. 특히 그림 그리는 재주가 유별나니 분장을 담당하면 훌륭하게 해낼 것이다. 나는 노래에는 자신이 없지만 관중들을 감응시킬 수 있는 춤동작은 연출할 수 있을 것 같다. 모두 예능 감각이 있어서 스스로 인생을 즐기며 자신의 꿈을 이루어 보자는 취지였는데, 무엇이든 안전 위주로 나가는 나의 소심함으로 아까운 기회를 놓치고 말았다. 그때 본격적으로 추진하지 못한 것이 아쉽지만, 다시 기회가 온다면 용기를 내 볼 만하다. 백세 시대를 살면서 기계적인 일상의 틀 속에 갇혀 그냥 죽기만을 기다리는 늙은이가 되고 싶지는 않다.

고양시 주최 세계꽃박람회에서 페루 안데스 고원에서 온 인디언

　　　　　　　　　　　　　　　　　　　한동희 | 인동초 사랑

4형제가 고정 출연하고 있다. 인디언들의 삶과 애환을 담은 코러스와 그들 특유의 악기를 연주하여서 청중들의 열렬한 호응을 일으킨다. 그들이 연주하는 잉카의 선율에는 심금을 울리는 애달픈 곡조가 깔려 있다. 무대가 따로 없는 노변에서 군중들과 하나가 되어 어우러지는 흥겨운 놀이마당이다. 나도 그들과 함께 즐기고 나서 CD를 사 왔다. 집에서 틀어놓고 인디언의 바람 소리에 어깨를 들썩이고 때로는 강렬한 춤사위 속으로 빠져들곤 한다. 그 음악 속에는 인디언들이 떼지어 소리 지르는 대목도 있는데, 강렬한 그 함성 속에서 나는 식민지 시대의 고단함과 저항, 곡진한 호소력을 느낀다.

인디언의 CD를 들으면서 우리 자매가 이 나라 저 나라 다니면서 길거리 공연을 하는 상상만으로도 행복감이 차오른다.

앞으로 꼭 하고 싶은 일이 있다면 군중들과 함께 즐기는 '거리의 악사'가 되는 것이다. 내 아들은 총감독이 되어 어릴 때부터 꿈꾸던 세계여행을 함께 떠나는 것이다. 그렇게 여행하며 모험하고 배우면서 좀 더 자신감 있게 살고 싶다. 이렇게 진정으로 원하는 것을 깨닫고 이를 쫓아가는 것을 '자아의 신화'를 이루어 나가는 과정이라고 연금술사의 작가 코엘류는 말했다.

내가 거리의 악사를 꿈꾸는 것도 자아의 신화를 이루어 나가는 과정이라고 생각하니 그의 말에 큰 위로를 느낀다. 내가 불면의 나날을 보냈던 것도 나이와 환경에 굴복당해 체념을 앞세웠고, 따라서 미래에 대한 꿈과 희망이 불투명해지니 불안했다.

　이제 불안과 체념을 걷어내고 ‘자아의 신화’를 이루어 나가기 위해 헛된 꿈이라도 꾸어야겠다. 나의 꿈이 비록 사막을 헤매는 일이고, 오아시스의 야자나무들이 지평선이 보일 때 목말라 죽는다고 해도 나의 신화는 계속될 것이다. 무엇보다도 중요한 것은 실천하려는 용기와 열정, 의지가 아닐까.

　자신의 신화를 이루어내는 것이야말로 이 세상 모든 사람에게 부과된 유일한 의무라는데, 지금 당신은 어떤 신화를 꿈꾸고 있는지요?

(『그린에세이』 2016. 9~10월호)

내가 받은 황금알

- 초임지에서의 에피소드 -

하고 많은 꿈이 날개를 펴는 여고 시절, 최은희 주연의 영화 ≪검사와 여선생≫에 큰 감명을 받았다. 나도 이 영화의 주인공처럼 멋진 검사가 되겠다는 꿈을 꿨다. 아버지는 그런 나의 꿈을 키워주기 위해 이따금 덕수궁 근처의 지방법원에 데리고 가서 재판 광경을 방청시켜 주셨다. 그때 어느 여인이 닭 한 마리 훔친 죄로 3년 징역형을 받는 걸 보며 준엄한 법의 심판에 온몸이 오싹해졌다. 닭 한 마리를 훔친 죄로 3년 징역형이라면 내가 친구들과 어울려 '참외 서리'한 죄는 몇 년 형일까.

대학에 실패하고 재수할 때였다. 고려대 법학과에 재학 중인 작은오빠가 자기의 학과 배지를 내 가슴에 달아주며 꿈을 잃지 말라고 격려해 주었다. 오빠는 내가 법대생이 되기에는 역부족이라는 것을 알면서도, 음악 감상실에 드나들며 우울한 영혼을 달래는 동생이 염려되었던 모양이다. 나는 꿈을 포기하지 않았지만 방황의 늪을 빠져나오기 힘들었다.

가장 친한 친구가 의상디자인 공부를 하기 위해 일본으로 유학을 떠나던 날, 나는 '쎄코날'(수면제) 한 알을 입에 넣었다. 친구는 비행기를 타고 하늘을 날고, 나는 구름을 타고 놀다가 눈을 떠보니 눈앞에 흰 가운을 입은 의사와 간호사가 희미하게 보였다. 큰고모가 나를 붙잡고 흐느끼고 있었다. 의사는 왜 약을 먹었느냐고 물었지만 나는 피식 웃고 말았다.

그 후 작은오빠는 내 진로를 바꾸는 데 앞장섰다. 지금까지의 몽상은 접고 서울시 교육위원회 교육공무원 임용고시에 응시하라고 권유와 설득을 했다. 작은오빠의 권고에 힘입어 나는 부모님의 염전이 있는 서해 바닷가에서 수평선에 점점이 박힌 이름 모를 섬들을 보며 낙도의 여교사가 되려는 꿈을 꾸게 되었다. 나는 말단 교육공무원이 되어 영등포에 있는 ○○학교 부설 성인반 전임강사 발령을 받았다.

이곳이 나의 초임지이다. 나는 이곳에서 4년간 근무했는데 야학을 열어 문맹 퇴치를 위한 수업을 했다. 일테면 심훈의 소설 ≪상록수≫의 주인공 채영신의 후배가 된 셈이었다. 그 당시 소설에서처럼 지식인들의 농촌 계몽운동은 지속되었지만, 1960년대만 하더라도 농어촌은 여전히 낙후되었고 전국에 문맹자가 많았다. 현재 한국인이 세계적인 두뇌로 인정받고 있는 것은 반세기 전 민족이 거듭나기를 염원하며 민중 속으로 뛰어들어 계몽 의지를 불태웠던 젊은이들이 있었기 때문이다.

내가 교육해야 할 대상은 '밤섬 아이들'이다. 오래전 여의도 개발로 흔적이 사라졌지만 밤섬은 한강 하류의 모래밭에 밤톨처럼 솟아 있어서 '밤섬'이라고 불렀다 한다. 밤섬은 행정상으로 마포구였으나 생활권은 영등포에 속해 있었다. 밤섬에는 62세대 445명이 살고 있었는데 대부분 막노동하거나 영등포에 나와 노점상을 하며 고달픈 삶을 이어가고 있었다. 우리 반 학생들은 취학 시기를 놓친 10대들이었는데, 그들은 살림하며 동생들을 돌보느라 학교에 결석하는 날이 많았다.

꿈은 꿀 때에만 아름답다. 내 눈에 낙도가 아름답게 보였던 것은 먼 곳에서 바라보았기 때문이었을 것이다. 꿈이 현실로 올 때 거기에는 어려움이 있게 마련이다. 나는 도시 속의 외딴 밤섬을 수시로 드나들며 교육의 중요성을 강조하고 자발적으로 수업에 참여하도록 독려해야 했다. 그들에게 글을 가르치는 것보다 어려운 것은 그들과의 간격을 좁히는 일이었다. 나를 이방인처럼 바라보는 아이들에게 따뜻한 마음으로 다가가 바른 인성을 길러주고, 자신감을 키워주는 게 우선이었다.

나는 농민 계몽운동의 혁명적 의지가 있었던 것도 아니었고, 가난한 자들을 비참한 생활에서 구해내려는 헌신과 자비의 정신이 있는 것도 아니었지만 ≪상록수≫의 채영신을 닮고 싶었다.

내가 가정방문을 하면 학교에 나오지 못하는 부끄러움으로 문 뒤로 숨어버리는 아이들. 나는 그들을 학교로 불러 모아 일렬로 세워놓고 얼굴을 씻겨주고 귀지를 파주었다. 입안에 슬며시 박하사탕을 넣어주기도 했고, 때로는 회초리로 훈계도 했다. 남에게 사랑받기만을 원했던 내가 누군가를 위해 희생해야 한다는 사랑의 원칙을 배워가고 있었다.

어느 날, 나를 찾아온 사람이 있다기에 교문 앞으로 나가보니 한 여인이 볏짚에 싼 달걀 꾸러미를 들고 서 있었다. 학교에 보내는 것보다 집안일이 우선이라던 학생의 어머니가 집에서 기른 닭이 낳은 것이라며, 수줍어하며 달걀 꾸러미를 내미는 것이 아닌가. 식구들의 영양 보충이나 장에 나가 팔아 생계에 보태야 할 것을, 알을 낳을 때마다 나를 생각하며 열 개를 모아온 정성에 가슴 뭉클했다. 지금도 그때의 감동을 잊을 수가 없다. 볏짚에 싸인 열 개의 달걀은 내가 받은 선물 중 가장 귀한 '황금알'이었다.

내가 그 학교를 그만두고 헤어질 때 눈물 가득 고인 아이들의 천진스러운 모습이 달걀 꾸러미와 함께 흑백 사진 속의 추억으로 떠오른다.

(『그린에세이』 2025. 7~8월호)

2.

다시
시작하자

깃발

-한 해의 끝자락에서

이제 보름 후면 임인년(壬寅年)은 막을 내리고, 계묘년(癸卯年) 새 해의 태양이 떠오른다. 시간은 물 흐르듯 그냥 흐를 뿐인데, 시간에 매듭을 짓고 의미 부여를 하는 것은 인간이다.

내 얼굴은 보름 전과 별반 다름이 없는데, 보름 후면 내 나이가 팔십이라고 한다. 사람들이 줄 그어 놓은 80이라는 숫자에 어울리지 않게 아직도 나는 사랑과 이별, 그리움과 후회가 담긴 노랫말을 들으면 내 이야기인 것만 같아 눈물이 난다. 그러나 지난날을 돌아보며 내 삶을 점검하고 정산하는 것을 보면 어쩔 수 없이 나도 노년의 길에 들어섰다는 것을 부인할 수 없을 것 같다. 어제가 있었기에 오늘이 있고 지난 세월의 희비가 오늘의 나를 만들어 준 것이기에 묵은 원고 뭉치에 묻혀있는 나를 꺼내 본다.

메일을 열어보니 편지함 속에는 많은 이들의 이야기가 나를 기다리고 있다. 모니터 안에는 내가 보낸 사연도 있고 답신도 있는데, 그중 유독 마음을 짠하게 하는 대목이 있어 눈길을 머물게 한다.

"편지 주셔서 고맙습니다.

바닷가에서 바다만 바라보며 사느라고

세월의 매듭도, 미래의 희망도 잃어버렸습니다.

그저 멍청하게 바다를 거울인 양 착각하고

자신의 흘러간 모습을 찾아보지만

물결조차 흔들려서 잘 보이지 않습니다.

강물 따라 흘러가는 한 잎 낙엽처럼

허허롭기까지 하답니다.

늙어지면 다 그렇게 되는 것 같군요.

새해에는 부디 건강하시고 행복하소서"

이분의 답신은 한 편의 시와 같다. 나는 글에서 세월의 무상함을 느끼며, 그분과 함께 동인으로 활동한 20여 년 세월을 되돌아본다. 그간 다소간의 어긋난 의견과 견해 차이로 서운한 일도 있었지만, 불만이나 갈등도 나를 성장시키는 에너지가 되었기에 내 인생의 소중한 부분이라고 생각한다. 그분은 한때 한 도시를 책임지는 관장이기도 했는데, 이제 노인이 되어 지나간 세월을 반추하는 모습이 쓸쓸하게 느껴진다. 하지만 굳은 의지와 바른 심성으로 살아온 그분의 인생 여정은 깃발처럼 휘날려 후세들이 바라보며 따라갈 이정표가 될 것이라는 확신이 든다. 지금 나는 살바도르 달리의 초

현실주의 그림처럼 내 앞에서 침묵하고 있는 인터넷 자판을 두드리고 있다.

(2006. 12. 오래된 원고 뭉치 중에서)

우정도 아닌 것이 사랑도 아닌 것이

아무리 인터넷과 손전화를 통해 빠르게 소식이 전달되는 세상이지만, 내 마음 한 구간엔 에둘러 말하고 며칠씩 편지를 기다리며 가슴 졸이던 시절의 낭만이 살아 숨 쉬고 있다.

내게는 세월이 흘러도 변함없이 날아드는 손편지의 봉함 연하장이 있는데, 그것은 같은 하늘 아래 살아있음을 알리는 '깃발'처럼 나부끼는 K의 몸짓이다. 청년 시절부터 육십에 이르도록 나의 안위와 문운을 빌어주는 내용은 한결같지만, 세월의 두께가 쌓여갈수록 어투에 긴장감이 풀리고 필체에 힘이 빠지는 것을 느끼게 된다. 서로 목마르게 그리워했던 젊은 날의 추억도 희미해지는 것 같아 안타깝지만, 우리의 굳건한 존재감이 세월의 오고 감에 흔들림이 있겠는가.

(2006. 12. 오래된 원고 뭉치 속에서)

K는 60년지기 나의 남자 친구이다. 여고 졸업반 가을(1961. 10월의 마지막 날 밤) D대학 문학의 밤에서 내 또래의 얼굴이 해사한 청년을 만났다. 나는 그에게 이성이라는 느낌은 있었지만, 연인이라고 하기에는 농도가 약해 물맛 같고 그런가 하면 겨자향 같은 톡

한동희 | 인동초 사랑

쏘는 알싸한 향내로 가슴을 아리게 하여 친구라는 이름 앞에 '남자'라는 명사를 붙였던 것이다. 그와 나의 사귐은 3년 2개월이라는 짧은 만남이었지만, 우리는 '사랑'이 무엇인지도 모른 채 서로 다른 인생길을 가게 되었다.

나는 그와 전혀 다른 성격의 남자와 결혼했고, 한때 행복했다. 그러나 행복은 잠시 머물다 가고, 나의 인생길은 숨 막히는 전쟁의 연속이었다. 남편의 외도로 큰 충격에 빠져 있을 때, 나는 지금껏 살아오며 누구의 마음을 모질도록 아프게 했기에 이토록 사람으로 인해 고통을 받아야만 하는 걸까? 생각 중에 떠오르는 사람은 남자 친구 K이었다. 그의 자존심을 뭉개고 모멸감을 주었던 일들이 가슴을 아프게 파고들었다. 나는 남자 친구에게 진심으로 사과하고 싶은 세 가지의 사연이 있다.

하나, 남자 친구는 고등학교 졸업 기념으로 강화도로 수학여행을 다녀왔다. 그가 강화도의 역사가 새겨진 기념품 몇 가지를 사 가지고 와서 내 치마폭에 내려놓았다. 그런데 나는 그가 보는 앞에서 그것들을 모조리 땅바닥에 쏟아버렸다. 아직은 그에게서 선물을 받을 만큼 마음이 열리지도 않았지만, 어디서 주워 온 것처럼 포장도 되지 않은 물건을 그대로 내 치마폭에 쏟아부은 것에 불쾌감을 느꼈다. 선물이라면 정성껏 포장해서 주었으면 좋았을 텐데…. 그 당시에는 그 또래 남자들의 단순 무지라는 것을 이해하지 못했고, 자기가 준 선물을 눈앞에서 버리는 것을 보며 모멸감을 느꼈을 그의 심정을 헤아리지도 못했다.

둘, 이듬해 초봄, 대학생이 된 그의 친구들과 나의 친구들 20여 명이 어울려 2인용 자전거를 타고 안양으로 자전거 하이킹을 가기로 하였다. 예정된 수순이었지만, 나는 그의 친구 지시대로 그의 짝이 되었다. 안양 가는 길 구름다리를 올라갈 때 뒤에 앉은 내가 자전거 페달을 밟아줘야 바퀴가 힘을 받아 굴러갈 텐데 장난기가 발동하여 페달을 밟아주지 않았다. 그가 혼자의 힘으로 구름다리를 올라가게 내버려 두었다. 온 힘을 다해 목적지에 닿은 그가 심한 구토를 했는데, 나는 그의 창백해진 얼굴을 미안한 기색도 없이 바라보았다. 아직도 그는 내 관심 밖에 있다는 것을 암시한 성숙지 못한 행동이었다.

셋, 나는 결혼을 열흘 앞두고 그에게 청첩장을 내밀며 내 결혼식에 와 줄 수 있느냐고 물었다. 그는 나의 갑작스러운 결혼 이야기에 낯빛이 백지장이 되었다. 나는 그의 당황하는 모습에 태연한 척했지만, 실상 나도 흔들리고 있었다.

그간 우리는 밀고 당기는 고무줄 사랑(풋사랑)을 하다가 비로소 내가 백기를 들고 그에게 조금씩 다가가고 있었던 참이었다. 그가 내 귓가에 들려준 '코리나 코리나'는 레이 피터슨의 목소리보다 매혹적이었다고 말해주고 싶었는데, 그는 나에게 '아름다운 꽃은 꺾지 않고 바라보는 것'이라고 했다. 그 말은 멋있었지만 바보 같고 얄미웠다. 나는 속으로 '그래, 꺾지 말고 오래도록 바라봐라. 나는 아름다운 꽃이니까! 그러나 나는 살아있는 꽃이어서 한곳에 머물러 있지 않고 내일 다시 새로운 향기로 태어날 것이다.'라며 샛길로 방향을 틀었다.

친구들은 K에 대한 나의 어긋난 행동에 너무 잔인하다며, 그래도 결혼하고 남편과 다투면 제일 먼저 생각나는 사람은 K일 것이라며 나를 면박 주었다. 친구들의 말 그대로, 살면서 내가 가장 힘들고 지쳐 있을 때 빛처럼 떠오르는 사람은 그였다. 처음에는 내게 대한 집착이 너무 강해 두려웠고, 깔끔하고 단정한 용모도 마음에 들지 않았던 K. 열정적인 것 같으면서도 머뭇거리고, 길이 아니면 가지 않겠다는 논리로 선을 그어 나를 밀어낸 차가운 남자. 그러나 삶의 그늘 아래에서 비틀거리는 나를 잡아준 고마운 사람이기도 하다. 나태주 시인은 〈풀꽃〉에서 '자세히 보아야 예쁘다' '오래 보아야 사랑스럽다'라고 했는데, 풀꽃이나 사람이나 자세히 보고, 오래 보아야 그가 지닌 본래의 문양을 찾아낼 수 있을 것이다.

지금 창밖에는 임인년의 마지막을 알리는 함박눈이 내리고 있다. 발목을 덮어주는 목화송이 같은 눈발이 허공을 맴돌며 옛 추억을 소환한다.

'크리스마스 날은 뭐 하세요? 나하고 만나요!'라고 문자를 띄우고 싶지만, "너와 나는 살았는지 죽었는지만 알면 된다."라던 그의 목소리가 차가운 겨울바람에 흔들리는 깃발에 실려와 내 상념을 깨뜨린다. 그간 우리 사이를 오고 간 정은 우정일까, 사랑일까? 미친 듯이 흩날리는 눈발 속에 추억의 조각들이 춤추고 있다.

"네 가슴에 상처를 남겨주어 미안했고, 내가 힘들고 지쳐 있을

때 비타민이 되어주어서 고마웠다."라는 말을 올해도 전하지 못했
다.

(『창작수필』 2023. 봄호)

*기나긴 세월을 살아오면서 이성의 친구(넓은 의미 - 부부, 학교 동창, 사회
 절친 등) 한 명도 없었던 사람과는 인생을 이야기하고 싶지 않다.

　　　　　　　　　　　한동희 | 인동초 사랑

두 번째 키스

근래에 김애자 작가의 신간 수필집 ≪봄, 기다리다≫를 받았다. 작가는 나와 같은 1944년생으로, 동시대를 살았다는 것만으로도 친밀감이 느껴졌다.

추석 명절이 다가올 즈음, 그녀의 이름이 적혀 있는 황도 복숭아 한 상자가 내 집으로 배송됐다. 전화로 진정성을 나누기는 했지만, 그렇다고 선물을 보내거나 받을 처지는 아닌 것 같아 겉 포장을 개봉하는 것이 망설여졌다. 어쨌거나 이왕 보내온 것이니 고맙다는 인사를 해야 할 것 같아 궁리 끝에 문자를 보내기로 마음을 먹었다. 기왕이면 복숭아 맛이 너무 좋았다는 말로 보낸 이를 기쁘게 해줘야겠는데 복숭아 맛이 어떻게 좋았는지를 표현할 적절한 낱말이 떠오르지 않았다. 그녀의 글 중에 '첫 키스'의 추억을 떠올린 대목이 있는데 그중에서 적절한 단어를 골라 써야겠다는 생각으로 책을 다시 뒤적여 그 대목을 찾아냈다. 거기에는 다음과 같은 내용이 적혀 있다.

"나도 첫 키스의 추억을 간직하고 있다. 두려움과 호기심과 짜릿함으로 두 다리가 후들거리던 그 순결한 떨림을."이라고….

이 문구 중에 황도 복숭아의 맛을 대신할 단어가 무엇일까?

과수원에서 복숭아를 따서 내 집까지 오는 데는 족히 2, 3일은 걸렸을 터. 복숭아 맛은 오렌지처럼 짜릿하지도 않고 이미 반쯤 숙성하여 첫 키스처럼 순결하다기보다 두 번째 키스처럼 농익은 맛이라고 하면 어떨까 싶어 "두 번째 키스처럼 달콤한 복숭아를 한입 베어 물었다"라고 적은 후 핸드폰 자판을 눌렀다.

꿈도 사랑도 서투른 시절의 삽화

김 작가의 '첫 키스' 이야기를 하다 보니 털복숭아처럼 천진스럽던 나의 스무 살 적 추억이 떠오른다. 나에게도 첫 키스의 추억은 있지만 두려움과 떨림과 짜릿함은 없었다. 어느 해 저문 날, 나는 대학 2학년생의 남자 친구와 장충단공원 아래 물 흐르는 냇가 바위에 앉아 하늘에 하나둘 돋아나는 별들을 바라보고 있었다. 그때 남자 친구의 갑작스러운 키스 세례를 받았다. 동물이나 사람이나 최초의 애정 표현은 포옹 다음에 혀를 이용하는 키스를 한다는데 남자 친구와 나는 포옹하거나 제대로 악수를 해 본 기억도 없다. 나보다 한 살 위의 남자 친구는 나에 대한 풋사랑에 몸살하고 있다는 것을 눈치챘지만, 그는 사랑에 몰입하는 감성보다는 자제력이 강한 이성적인 사람이었다. 그는 자기를 향한 굴욕적이고 냉소적인 나의 언행에 아무런 대꾸도 없이 참아내더니 사냥꾼이 사나운 짐

승을 포획하듯 내 마음을 사로잡아 가두었다. 그리고 내가 자기의
영역을 벗어나지 않을 것이라고 안심하는 것 같았다.

하지만 그에게는 나와의 인연을 이어가려는 계획보다는 대학을
졸업하고 우선적으로 사회적 기반을 튼튼히 닦아놓아야 한다는 집념
이 강해 보였다. 그의 사고방식이 옳다고 생각했지만 결혼 계획(60
년대 여자의 일반적인 결혼 적령기는 23세~25세쯤이었다)도 없는 남자
의 갑작스런 키스 세례에 당황하여 나는 그만 훌쩍훌쩍 울고 말았
다. 스무 해 동안 간직했던 나의 소중한 순결을 순식간에 흠집을 낸
것만 같아 짜릿함은커녕 허전함과 아까운 생각이 들어 울고 말았
다. 스물한 살 애송이 청년에게 키스에 대한 무슨 수순이 있겠냐마
는 내 생각은 조금 달랐다. 키스는 두 사람의 마음이 일치될 때 '잔
잔한 물결처럼 다가와 요동치는 파도가 되는 것'이라는 꿈이 깨어져
버린 것이다.

이별의 에피그램

그 옛날 아날로그 시대 이전(전쟁 세대)의 궁핍함 속에서도 청춘
남녀는 사랑을 꿈꾸었다. 그때 친구들이 모이면 전날의 데이트에
대해 속닥거리곤 했는데, 데이트를 레스토랑에서 했다면 모두 부
러워했던 시절이었다.

그날 나와 남자 친구는 남산에 올라갔다가 내려오는 길에 늦은
점심으로 중국집에서 자장면을 먹었다. 그리고 시청 근처의 '중앙

산업' 앞 버스 정류장까지 걸어와서 집에 가는 버스를 기다리고 있었는데, 남자 친구는 나를 홀로 남겨두고 한마디 말도 없이 먼저 버스에 휙 올라타고 가버렸다. 순간 그의 무례한 행동에 화가 났지만, 그때처럼 그의 뒷모습이 쓸쓸해 보인 적이 없었다. 그의 갑작스런 행동은 나에 대한 반감이 아니라 자신에 대해 무능함에 화가 났던 것이라는 생각이 스쳐 지나갔다. 그도 나를 분위기 좋은 레스토랑에 데리고 가고 싶은 마음이 어찌 없었겠는가. 빈곤한 가정의 환경적 요소와 장래를 기약할 수 없는 사람과의 불안정한 만남에 그는 지쳐가고 있는 것인지도 모른다는 생각이 들면서 그간 우리가 만들어온 추억은 미완의 그림으로 펄럭이고 있는 듯했다.

그와의 이별을 준비하는 내 마음속에는 가을날의 쓸쓸한 바람과 함께 허무와 안타까움과 미숙했던 사랑에 대한 '에피그램'이 새겨지고 있었다. 오랜 세월이 흐른 후에도 그의 쓸쓸한 뒷모습은 정지된 화면처럼 크게 클로즈업되어 마음을 짠하게 한다.

첫사랑과의 랑데뷰

세월은 거침없이 흐르고, 남자 친구는 대학 졸업 후 우리나라 최고의 기업 'S그룹'의 일원이 되어 기품 있고 성숙한 남자로 내 앞에 우뚝 서 있었다.

그날도 남자 친구의 사회진출을 축하해 주기 위해 친구 여섯 명이 모였다. 자전거 하이킹을 즐기고 음악 감상실에서 청춘을 향유

     한동희 | 인동초 사랑

했던 시절의 그의 친구들과 내 친구들이다. 우리는 봉고차를 빌려 타고 서울시 근교로 바람을 쐬러 나갔다. 성남 어딘가의 노래방이 딸린 한식집에서 즐겁게 만찬을 끝내고 노래하며 노곤한 생활에서 쌓인 스트레스를 털어내었다. 그때 남자 친구가 나를 향해 불러준 박일남의 〈그리운 희야〉는 영원히 잊을 수 없는 사랑의 소야곡이다. 노래가 끝나고 남자 친구와 나는 다른 친구들보다 먼저 밖으로 나왔다. 그는 내게 "이 세상에 여자는 많지만 한동희는 단 한 사람뿐이더라."라고 때늦은 후회를 하며, 첫 키스 때의 아쉬움을 만회하려는 듯 나에게 다가와 입맞춤하려 했다. 그런데 때마침 식당 안에 있던 친구들이 대문을 열고 왁자지껄 떠들며 나오는 바람에 두 번째 키스는 시행도 하기 전에 불발이 되고 말았다. 가슴에 묻어둔 사랑을 꺼내어 뜨겁고도 애틋한 눈빛으로 다가오는 남자를 바라보며 몸을 떨던 찰나의 짜릿함. 하늘과 땅 사이의 음극과 양극이 만나 강렬한 스파크가 일어나려는 순간에 놓쳐버린 행복이 못내 아쉬웠지만 '놓친 열차는 아름답다'(서정범 〈놓친 열차는 아름답다〉)— 낚시터에서 놓친 물고기 이야기를 떠올리며 나를 위로했다. 놓친 열차가 아름다운 것은 못다 한 사랑의 애련한 추억을 싣고 달려가기 때문이 아닐까.

이제 나는 노년의 내리막길에 들어섰다. 젊은이는 꿈에 살고 늙은이는 추억에 산다고 했듯이, 노년이 즐거워지려면 멋진 추억이 있어야 한다. 젊은이는 노년을 향해 가며 다방면에 걸친 멋진 추억을 계획해야겠지만, 나에게는 무엇보다도 인생의 영원한 주제인 '사랑'에 비중이 더해진다. 그러므로 비록 나의 로망이었던 두 번째 키스는 불발에 그쳤지만, 이따금 놓친 열차에 실려 가고 있는 추억을 꺼내 보며 인생의 고달픔을 달래보곤 한다. 붙잡고 싶었던 그리움의 순간들을 떠올리며, 나는 빨갛게 농익은 황도 복숭아를 크게 한입 베어 물었다.

(『그린에세이』 2011. 11~12월호)

* 뒤늦게 확인한 김 작가의 메일 문자 : 오늘 받으신 복숭아는 L사장님이 보내신 겁니다. 맛있게 드세요. 복숭아 맛이 두 번째 키스처럼 달콤한 줄 몰랐어요.

한동희 | 인동초 사랑

풍경이 있는 찻집

지금쯤 선생님은 남행 열차를 타고 집을 향해 달려가고 있겠지요.

선생님과는 한 해 동안 공식적인 행사와 개인적인 일로 대여섯 번쯤 만나는 것 같습니다. 우리는 이 땅의 끝과 끝에서 살고 있지만 시공을 초월해 오랜 세월 만남이 지속되는 건 선생님의 변함없는 신심(信心) 때문일 겁니다. 선생님과의 만남이 내 막힌 숨통에 콧바람을 넣어주는 날이라는 걸 잘 아시는 것 같군요. 뭐처럼 단장하고 외출을 서두릅니다.

오늘 우리는 인사동을 한 바퀴 돌며 주로 새로 나온 옷가지들에 끌려갔지만, 마음에 다소 여백이 생기면 골동품을 찾아 눈여겨보고 갤러리에 걸린 그림에 빠져 지적인 사치를 누려보기도 하지요. 선생님이 그려준 나의 초상화를 보면 선생님은 그림에도 깊은 관심을 갖고 계신 것 같습니다. 박물관 대학에 이어 미술에 관한 이론에 몰두하는 선생님의 학구열에 찬사를 보냅니다. 나도 각별한 인연이 있는 사람의 그림 전시회에 다녀온 후 좀 더 그림에 새겨진

화가의 심미적인 아름다움을 탐구해 보고도 싶었습니다. 그러나 어쩌지요? 나는 그림 속에 숨어있는 은근하면서도 사실적인 표현보다는 곧바로 내 가슴에 울림을 주는 음악의 감성에 동요되어 눈시울이 뜨거워지곤 합니다. 그것도 격조 높은 클래식보다도 대중음악에 함몰되어 가슴에 가득한 슬픔을 쓸어내리곤 합니다.

나는 10여 년 전부터 어지럼증(보행장애, 경동맥의 죽상중화중)이라는 낯선 친구에게 시달리고 있습니다. MRI 상으로는 아무런 이상이 없지만 나이가 들면 뇌신경도 약해져서 일어나는 현상이라는 의견도 있습니다. 인생의 뒤안길에서 겪은 마음의 상처는 뇌신경을 자극하고 그로 인해 쌓인 스트레스가 뇌신경의 영양을 감퇴시켜 어지러운 현상을 일으킨다는 이치겠지요. 그래서 뇌신경이 약해지면 몸과 마음이 기동성을 잃고 감성도 예민해져 많은 사람이 자신이 겪어온 것과 같은 노랫말에 위안을 받으며 아픔을 치료하는 것이 아닐까요.

지난 봄날, 일본에서 있었던 문학 세미나 때 우리 두 사람의 우정에 금이 갈 뻔했던 일이 생각나시나요? 세미나가 끝나고 관광길에서 있었던 두 사람 간의 아슬아슬한 심리전은 선생님의 이해와 아량으로 별 탈 없이 끝났지만 정말 아찔했던 순간이었습니다. 누군가 내게 듣고 싶은 음악이 있으면 신청하라기에 주저하지 않고 가수 조항조의 〈정념〉을 청해 음원 플레이어를 통해 들었지요. 일행은 저만치 앞서가는데 나는 그리움과 애달픔이 담긴 노랫소리에 붙잡혀 발걸음이 떨어지지 않았습니다. 사랑이 무엇인가요? 마음

　　　　　　　　　　　　　　　　한동희 | 인동초 사랑

가는 대로 흘러가는 사랑도 있고, 그립다고 따라가서 손잡을 수 없
는 사랑도 있군요. 사랑은 쉽게 풀리는 실타래 같기도 하고, 풀기
힘든 수학 공식 같기도 합니다. 사랑은 자연스러운 것인데, 여기에
도 인과법칙이 따라붙는가 봅니다.

    당신은 나에게 할 말이 없나요.
    아직도 나는 할 말이 많은데
    당신의 눈에 한 방울 눈물이….

    일행을 따라붙지 않고 머물러 서서 노래를 듣고 있는 내가 못마
땅했던지 선생님의 표정이 예사롭지 않았습니다. 아마도 건강이
좋지 않은 나의 보호자가 되어 내 곁을 지켜주었는데, 혼자 행동하
는 것이 눈에 거슬렸던가 봅니다. 나는 나대로 행동을 제한받는 것
같아 그 대항이 만만치 않았지요. 나는 불만을 터뜨리며 화를 내면
서도 선생님을 어떻게 다시 볼까, 걱정이 태산 같았습니다. 그런데
선생님은 먼저 내게 다가와 손잡아주어서 정말 고마웠습니다. 그
날 선생님은 승자(勝者)였습니다.

    우리의 인사동 순례의 정점은 언제고 '풍경이 있는 찻집'이지요.
나는 찻집에 들어서며 "몇 시간씩 앉아 있다가는 단골손님 왔습니
다."라고 너스레를 떨었지요. 그러면 주인은 찾아오는 것만도 고맙
다고 화답합니다. 우리가 이 찻집에 오면 언제나 찾는 자리가 있는
데 인사동에 모여드는 많은 사람들의 모습이 가까이 보이고, 건너

편에 늘어선 서구풍의 산뜻한 건물들과 전통 한옥의 중후함이 깃든 찻집이 훤히 내다보이는 창가입니다. 그런가 하면 탁 트인 하늘에 떠가는 구름을 타고 먼 여행을 꿈꿀 수 있는 곳이기도 하지요. 이곳에서 얻는 한가함과 편안함은 나만이 느끼는 행복은 아닌 듯합니다. 어느 화가는 창가에 앉아 주변의 아름다운 풍경을 카메라에 담았고, 그 도시 풍경을 화판에 옮겨 그려 넣었다고도 합니다. 우리 삶의 역사가 주저리주저리 이어지는 곳, 그곳에 앉으면 슬픔도 아픔도 슬며시 고개 숙이고 순전한 마음이 됩니다. 주로 내가 말하고 선생님은 듣는 편이지만 꽃소식도 세 번 들으면 싫증 난다는데 느긋이 나의 사연에 귀 기울여주는 마음이 고맙기도 하고 미안해지기도 합니다.

인사동은 예전과는 많이 달라진 듯합니다. 문화의 거리라 하여 외국인들도 많이 찾아오는 데 한국적인 고풍스러운 골동품이나 전통 양식의 생활용품을 파는 가게와 갤러리는 점점 줄어들고 먹고 입는 것들만 날개를 달고 펄럭이는 것 같습니다. 시대에 따른 변화 속에 발전도 따라붙지만, 한국 특유의 단아한 색채의 도자기, 정교하고 세밀한 나전칠기, 한지 위에 번지는 먹물 냄새로 서양인들의 시선을 사로잡던 인사동이 좋았던 것 같습니다.

창가에 앉아 밖을 내려다보니 추석 명절의 긴 휴가를 즐기는 사람들과 관광객들이 어우러져 인산인해를 이루고 있습니다. 그 많은 사람 중에 낯익은 얼굴이 있을 것도 같아 오가는 사람들을 유심히 살펴봅니다. '그 흔한 안부도 전할 수 없는 사람'은 보이지 않고,

그와 마주 보고 정담을 나누던 창가에는 낯선 사람이 홀로 앉아 차를 마시고 있습니다. 풍경이 있는 찻집에 가면 누군가 올 것만 같아 기다려집니다.

(『그린에세이』 2024. 1~2월호)

감추기 힘든 비밀

- 사랑의 탐구

창밖에는 초가을 비가 내리고 있다. 궂은 날씨지만 빗속을 걷고 싶어 길을 재촉한다. 울적한 마음을 달래며 영화관 '씨네큐브'를 향해 발걸음을 옮겼다.

영화관 앞에 걸린 '올해 최고의 영화'라는 선전 문구와 ≪사랑의 탐구≫라는 영화 제목, 커다란 광고판에 그려진 남녀의 포옹 장면이 나를 유혹한다. 평생 사랑을 삶의 모토로 삼고 살아온 나에게 사랑을 탐구한다는 것은 흥미로운 명제가 아닐 수 없다.

영화 제목과 주연 배우들의 연륜에서 인생을 행복하게 살기 위해 젊게 생활하는 신중년의 이미지가 떠올라 영화의 포커스를 그에 맞춰본다. 과연 이 영화는 사랑을 어떤 방식으로 탐구하며, 어떤 의미의 메시지를 전해 줄까? 눈 앞에 펼쳐질 감추기 힘든 사랑의 비밀을 상상하며 영화 상영을 하려면 3시간을 기다려야 하는 입장권을 예매했다.

영화는 캐나다의 여성 감독 모니아 쇼크리의 연출로 '오랜 연인과 안정적인 관계를 유지하던 철학 강사 소피아가 자신과는 정반대의 남자에게 빠져들면서 사랑에 관한 영원한 난제를 파헤치는 네오 클래식 로맨스' '유머와 지성, 섹시함을 겸비한 영화'라고 홍보하고 있다. 그런데 성애(性愛) 장면과 남녀 전신 노출도 여러 차례 반복되어 불편함을 느끼기도 했다. 이제 '플라토닉 러브'라는 용어는 구시대의 산물이 된 것 같은 아쉬움과 반면 사랑의 감성이 살아있는 한 늙은이도 사랑을 할 수 있다는 것이 나의 소견이다. 육체와 정신이 결합될 때 이루어지는 것만이 진정한 사랑이 아니라는 내 나름의 사랑 탐구에 반신반의하며 영화에 몰입했다. 사랑에 빠질 때는 결혼 약속 반지를 받았지만, 결국 헤어짐의 기로에 선 여자는 남자에게서 받은 반지를 남자의 자동차 운전대 위에 올려놓고 차에서 내린다. 멀어져 가는 남자의 자동차를 하염없이 바라보는 여자의 쓸쓸한 모습(마지막 장면)이 '사랑은 정답도 오답도 없는 영원한 난제'라는 것을 말해주는 듯했다.

　내게는 수십 년간 남녀 간의 '사랑'을 주제로 대화를 나누며 우정을 이어온 여고 동창이 있다. 우리의 이야기는 스무 살 무렵 처음으로 이십여 명의 남녀가 짝지어 자전거 하이킹을 갔던 일. 그들과 음악 감상실을 드나들며 청춘을 향유했던 추억들로 시작되어 나이 들어가면서 성숙해지는 사랑의 빈도와 그에 따른 그리움과 안타까움, 기다림에 목말라하던 세월을 반추하는 등의 대화이다. 순진무구했던 소녀 시절을 벗어나 '청춘'이라는 이름 아래 싹튼 첫사랑, 그 사랑은 두려움과 설렘의 서곡이었다. 우리는 나이를 잊은 채 서

로 공유한 젊은 날의 추억을 회상하며 세월을 저만치 밀어놓고 있
었다. 그렇게 추억 속의 감추기 힘든 비밀은 몇 시간 전화통에 매
달려 이야기해도 지루하지 않은 동화 나라의 전설이 되어가고 있
었다.

　나는 살면서 친구에게 괴로운 인생사를 수시로 토로했지만, 친
구는 사랑 아닌 또 다른 인생의 과제를 우리의 대화 속에 끌어들이
지 않았던 것 같다. 하여, 도대체 우리에게 사랑 이야기를 빼놓는
다면 남는 게 뭐가 있을까 회의를 느낄 때도 있었다. 그러나 추억
속의 사랑 이야기만으로도 삶의 노곤함은 희석되었고, 흔들리는
삶의 버팀목이 되어주기도 했다. 때로는 남녀 간의 사랑이 절망의
늪으로 밀어 넣는 마술 같다는 것을 알면서도 우리는 위험하고도
안락한 사랑이라는 요람에 흔들리며 살아온 게 아닌가 싶다.

　치매 예방 전문가들의 논문을 보면 "회상으로 즐거웠던 시절 얘
기를 하다 보면 마치 그 시절로 돌아간 것처럼 활기찬 기운이 느껴
지고 자신에 대한 자부심도 되찾는다. 살면서 쌓은 좋은 추억은 노
년을 활기차게 만드는 재료다. 인생은 결국 좋은 추억 쌓기인 셈이
다."라고 강조한다. 그러고 보면 친구와 나는 누가 시키지도 않았
는데 추억 속의 사랑 이야기를 하며 스스로 치매 예방을 해온 셈이
다. 인생을 살아오며 괴로움에 부딪칠 때면 즐거웠던 시절을 떠올
리곤 하는데, 그중에서도 '첫사랑의 추억'은 잠자는 뇌를 깨우는 뇌
기능 활성제 역할을 가장 활발하게 하지 않았던가 싶다.

　　　　　　　　　　　　　　　　　　　　한동희 | 인동초 사랑

이제 우리는 사랑 이야기는 접어둔 채 서로의 건강을 염려하는 노년의 길에 들어섰다. 친구는 "우리가 사랑 이야기는 어디에 두고 죽음에 대비한 논의를 하게 됐느냐?"라고 안타까워했다. 그러면서 느닷없이 그간 서로 다른 사랑을 하며 몸살 앓던 '사랑론'에 대해 평가의 잣대를 들이대는 것이었다. 친구는 차분히 내게 말했다.

"너희들, 그건 연애도 아니야!"

자전거 하이킹 때 짝꿍이었던 남자 친구는 "우리는 죽었는지 살았는지만 알면 된다."라고 했다. 나는 그의 단호한 어조에 말없이 고개를 끄덕였다. 우리는 그의 말처럼 각자의 삶에 최선을 다하는 지킴이가 되어 살아왔다. 그런데 어느 사이 우정에 물든 사랑은 건드리면 '톡'하고 튕기어 나오는 그리움이 되었다. 나는 그를 첫사랑이라 불렀다. 그러나 우리는 소유적 사랑이 아니라 상대편의 사생활을 존중하는 윤리적 사랑에 묶여 해가 지면 잎이 서로 마주 보며 접히는 자귀나무처럼 스며드는 그리움을 '잎의 향기'로 삭혀야만 했다.

그러한 사연을 누구보다 잘 아는 친구가 나에게 보낸 사랑 평가에 아연실색하고 말았다. 친구의 직격탄은 그간 스트레스로 손상받은 나의 세포조직을 회복시켜 주었던 '회춘 호르몬'에 찬물을 끼얹은 것과 마찬가지였다. 아직도 스무 살 감성에서 빠져나오지 못하는 풋사랑 이야기지만, 나의 사랑은 미숙하고 자기 사랑은 6월의 석류꽃처럼 원숙미를 갖췄다고 생각하는 논리는 무엇에 근거한 것일까. 친구가 내 사랑을 평가절하시키는 말에 약이 오르고 자존심이 상했다. 그렇다면 내가 아파하며 고뇌했던 세월은 철없는 아이들의 소꿉장난에 불과하다는 것일까? 누가 뭐라든 내 인생을 지탱해 주었던 소중한 사랑탑이 한순간에 무너지는 것 같은 허망함이 밀려왔다. 사랑에도 여러 가지 유형이 있고, 사람에 따라 다양한 형태의 사랑을 하게 되는데. 다가서지 못하고 서성거리는 사랑이라고 가볍게 여기는 것은 어이없는 일이다. 어느 사랑이 더 가슴 깊이 각인된다고 말할 수 없기 때문이다. 그동안 "너희들 사랑을 지키느라 수고했다"라고 말해 줄 수는 없었던 걸까?

나는 우정도 아니고 친구의 말처럼 연애 축에 끼지도 못하는 사랑의 딜레마에 빠져 한동안 우울했다. 내가 '첫사랑'이라고 이름 붙여준 사람이 미워졌고 "네가 아니면 나에겐 20대도 없었을 것'이라고 고백했던 것이 민망해졌다. 마음 가득 쌓인 치사함과 서운함, 외로움에 떨고 있을 때였다. '말을 타고 빨리 달려가다가도 잠깐 뒤를 돌아본다는 인디언의 지혜와 명언이 뇌리를 스쳐 갔다. 나는 이별을 향해 가던 길을 잠시 멈추고 내 사랑에 낮은 평점을 주었던 친구에 대한 분노와 남자 친구에 대한 원망을 조율해 나갔다. '사랑일 때보다 우정일 때 상대편의 괴로움을 도와주고 싶은 힘이 더 강해진다.' '가장 훌륭한 사랑은 오랜 우정에서 생긴 믿음의 바탕에서 싹튼 사랑이다.'라는 사랑의 미학에 가슴에 쌓인 갈등과 오해가 풀려나가는 것 같았다.

우리는 우정의 발판 위에 튼튼한 사랑 탑을 쌓아 올리느라 그리 힘들었나 보다.

(『창작수필』 2025. 봄호)

 한동희 | 인동초 사랑

보고 싶지만 보이지 않는 것

코로나19 팬데믹 이후 나는 그에게 전에 없던 문자 메시지를 보냈다. 그는 젊은 시절 나에게 "너와 나는 살았는지, 죽었는지만 알면 된다."라고 단호하게 말했던 것처럼, 우리는 서로에게 던진 덫에 갇혀 그동안 각자의 자리를 지키며 만남을 자제해 왔다. 그러나 세상을 뒤집어 놓은 '코로나'라는 역병은 서로가 무탈하게 살아가고 있는지, 궁금증을 유발시켜 주었다. 나는 그에게 조심스럽게 네 글자의 문자를 보냈다.

"건강은요?"

그는 염려한 대로 코로나에 걸려 고생하고 있었다. 코로나19 팬데믹은 그동안 움츠리고 무심한 듯 주춤거렸던 우리의 내통에 조금은 자유로운 소통을 허락해 주었다.

"건강은요?"

"늙느라고 그러는지, 코비 후유증인지, 아직도 골골거리고 있습니다. 점심 번개 미팅 될까요? 시내에 볼일도 있고 해서…."

"무슨 일이 있을 때 자투리 시간에 잠시 스쳐 가는 만남. 그 습관은 여전하시군요. 나는 '풍경이 있는 찻집'에서 어릴 적 고향 같은 사람을 만나 봄같이 따뜻한 이야기 나누고 싶은데….”

“건강 문제보다는 주변의 여건에 여유가 없어서….”

나는 그를 옥죄고 있는 환경적 요소들에 마음이 아팠지만, 한편 젊은 날에 주고받은 약속의 덫에서 빠져나오지 못하는 그의 미진함이 야속했다. “길이 아니면 가지 않겠다.”라는 재미없고 냉정한 사람을 흠모하며 긴 세월을 살아온 내 인생이 억울하다는 생각도 들었다.

“우리는 살았는지, 죽었는지만 알면 된다.”

서로가 금그어 놓은 금단의 문 앞에서 서성이며, 오랜 세월 그 너머 어딘가에서 반짝이는 또 다른 빛을 찾아 헤매었던 것이 아니었을까. 나도 이제 그 꿈에서 깨어나야 한다고 생각하면서도 그의 진정성에 물들어버린 마음은 쉽게 무너지지 않았다.

세간에 떠도는 시쳇말에 “배신하고 떠난 사람이 잘 살면 배가 아프고 잘 살지 못하면 마음이 아프다.”라는 말이 있다. 내가 평탄하게 살았으면 그도 나를 잊고 살았을 텐데, 나의 거듭되는 굴곡진 삶에 연민의 정을 떨쳐낼 수 없었던 것인지도 모르겠다. 금방이라도 삶을 포기할까 봐 그는 그런 나를 염려했다.

“너의 비틀거리는 모습은 보기 싫다.”

“나를 실망시키지 마라.”

“무슨 일이 있으면 내게 연락하고 절대로 딴생각하면 안 된다.!”

힘주어 말해주던 그의 세 마디 말이 내 삶의 버팀목이 되어 나를 새롭게 태어나게 했다. 그는 해마다 신년 연하장을 통해 진중하면서도 진정성 있는 손 글씨로 나의 안녕과 발전을 기원하며 자신의 근황을 알려왔고, 나는 발표한 작품의 책자를 보내 화답했다. 우리의 이러한 통상적인 관례는 '살아있다'는 것을 전해 주는 통로이기도 했다. 우리의 존재 의식은 서로의 자양분이 되어 삶의 길을 힘차게 헤쳐왔고 고통도 이겨냈다는 자부심도 있었다. 그것이 설사 서로에게 보이기 위한 철부지 같은 경쟁이었다 해도, 또는 그가 내게서 받은 상처를 씻어 내기 위한 방편이었다 해도 그를 나무라고 싶지는 않았다. 같은 하늘 아래 누군가가 나를 염려하고 성원해 주는 사람이 있다는 것이 고맙고 든든할 뿐이었다. 그런 중에도 가슴을 스치고 지나가는 쓸쓸함, 열꽃처럼 돋아오르는 그리움을 견딜 수 있었던 것은 스무 살 적 순수했던 풋사랑의 추억을 고이 간직하고 싶었던 간절함 때문이 아니었을까.

늙으면 누구에게나 마음 밑바닥에 깔린 소년 소녀 때의 추억을 끄집어내어 보는 본성이 있다고 한다. 나같이 먼 길을 홀로 걸어온 나그네에게 스무 살 즈음의 추억은 인생의 고달픔을 달래주는 더없는 길동무였다. 그렇게 스스로를 다독이고 위로하며 인생의 종착역을 향해 가고 있는데, 그에게는 옛날의 일들이 기억에서 희미해져 간다고 했다. 내게 불러주었던 노래도, 함께 공유했던 시간도 세월과 함께 기억에서 지워져 가고 있었다. 내가 추억이 담긴 글을 보내면 "내게도 이런 감성이 있었는데…." 아쉬워하면서 지난 일들이 기억나지 않지만 친구들과 함께 싸이클 하이킹을 갔던 날은 선명히 떠오른다고 했다.

그날의 일정은 내가 그에 대한 경계심을 풀고 첫 데이트로 계획한 2인용 자전거 하이킹이었다. 그의 망각은 정상적인 노화 현상일 수도 있겠지만, 그의 기억 속에 마지막까지 붙들고 있는 그 날의 추억마저 놓쳐버린다면 우리의 이야기가 사라진 빈 공간엔 어떤 빛깔의 그림이 다시 그려질 수 있을까?

그리움이란

높은 산정에 있는 안개 자욱한 호수를 바라보며 "그리움이란 보고 싶지만 보이지 않는 것"이라고 했던 어느 산악인의 말이 떠오르곤 한다. 그 산악인은 아름다운 호수를 보기 위해 얼마나 많은 땀을 흘리며 높은 산정에 오른 것일까?

나는 알고 있다. 우리가 바라보던 아름다운 호수는 자욱한 안개에 가려 점점 희미해져 가고 있다는 것을….

(『창작수필』 2024. 봄호)

환상 여행

- 나는 이렇게 자살 위기를 극복했다

'환상'이라는 단어를 좋아한다. 비행기 안에서 창밖을 내다보니 구름이 환상적이다. 마치 하얀 비누 거품을 만들어 감싸주는 포근한 마음처럼, 하늘의 뭉게구름은 환상의 빛으로 다가온다.

옆에 앉은 여동생은 언니 글에는 환상이라는 단어가 여러 번 나온다고 나를 마치 철부지 어린애 보듯 한다. 그렇지만 나는 로맨티시스트도 아니고 몽상가도 아니며 지극히 현실주의자이다. 다만 현실적인 괴로움에서 벗어나고자 당장은 어렵지만 능히 이루어질 수도 있는 꿈을 꾸어보는데, 그 꿈은 자신에게 최면을 걸어 생활에 활기를 불어넣어 준다. 일종의 심리치료라고나 할까. 무엇이든 간절히 원하면 그것과 줄이 닿아 내가 그쪽으로 끌려가게 되고, 자기 암시로 꿈이 이루어질 수도 있을 테니 말이다. 그렇게 꿈같은 환상에 젖어 나를 위무하다 보니 그것이 삶의 한 방편이 된 것 같다. 동생의 말대로 내 글에 환상이라는 용어가 많이 쓰인 것은 그만큼 현실을 떠나고 싶은 충동을 여러 번 느꼈다는 뜻도 되겠다. 자기의 지난날을 되돌아보면 소설 서너 권 정도의 사연이 된다는 사람도 많겠지만, 인생은 가까이서 보면 비극이고, 멀리서 바라보면 한 폭의 '판타지아'와도 같다. 거기에는 파란색이 노란색으로 바뀌는 변화무쌍한 아름다움이 있고, 뇌를 자극하는 환상곡으로 하루하루가 즐거울 수도 있을 것이다.

영화나 드라마에서 보면 정신병원에 입원해 있는 사람 중에 환상에 사로잡혀 평소에 소원했던 일을 마음껏 펼치며 행복해하다가도 집에 돌아와 보니 또다시 막막하고 비참한 현실에 직면하여 자살로 인생을 마감하는 것을 볼 수 있다. 그렇듯이 복잡한 현실에서 살아남으려면 환상 여행보다 더 좋은 도피처도 없을 듯하다. 음악에 젖어 멜로디에 담긴 스토리를 따라가며 상상의 날개를 펼쳐보는 것도 한 방편이라 할 수 있겠다. 거기에는 현실이 아닌 꿈속의 환상들이 넘실거려 누더기처럼 달라붙어 있던 일상의 찌꺼기들이 씻겨 나가는 카타르시스가 있기 때문이다.

인생의 긴 터널을 통과하며 한 번도 자살 유혹을 느껴보지 않은 사람은 없을 것이다. 삶이란 그리 녹록한 것이 아니어서 수시로 찾아드는 괴로움을 감내하기가 쉽지 않겠기에 말이다. 반면 평생을 행복했었다고 말할 수 있는 사람은 몇이나 될까. 자살 유혹은 사회적인 불합리에서 발생하기도 하지만, 가장 가까운 가족으로부터 받은 아물지 않는 상처에서 기인 되는 것이 다반사이다.

나의 경우 20대는 센티멘털리즘이나 죽음에 대한 신비감에서, 30대는 나를 가장 사랑하고 아껴주어야 할 사람의 배신과 고부간의 갈등으로, 40대는 남편의 사업 실패로 인한 후유증으로, 50 이후에는 자식에 대한 가슴 아픈 연민으로 자살 유혹을 느껴본 적이 있다. 얼핏 보면 내게 닥친 자살 유혹은 누구나 흔히 겪는 스토리 같지만, 같은 일도 되풀이되고 보면 끝내 자신이 죄인이라는 비탄에 젖게 된다.

스무 살 어느 봄날, 나는 쎄코날(수면제) 한 알을 입에 넣었다. 쎄코날은 군 의무병으로 있던 큰오빠가 제대하면서 몇 알 가지고 나온 것인데, 내가 그중 한 알을 슬쩍한 것이었다. 그날은 나와 가장 친한 친구가 의상디자인 공부를 하기 위해 일본으로 떠나는 날이었다. 아침에 아버지는 염전이 있는 서해 바닷가로 내려가시면서 시집간 언니 대신 대여섯 형제가 학업을 위해 차린 서울 살림을 내게 부탁하였다. 그리 못 하겠다면 서울 살림은 정리하고 동생들을 시골로 데리고 내려가겠다고 하셨다. 대학입시에 실패한 실망과 좌절, 친구의 일본 유학이 맞물려 비참한 심정에 놓여있던 나에게 아버지의 부탁은 부담스러웠지만, 형제들을 위해 그만한 희생도 못 하겠느냐며 아버지의 말씀에 흔쾌히 그렇게 하겠다고 했다. 아버지는 "너만 믿는다."라며 어머니가 있는 서해로 내려가셨고, 나는 친구가 꿈을 안고 일본으로 향해 가는 비행기 소리를 들으며 감춰두었던 쎄코날 한 알을 입에 넣었다.

하늘을 떠도는 구름을 타고 신선처럼 노닐다가 눈을 떠보니 흰 가운을 입은 의사와 간호사가 근심 어린 표정으로 나를 내려다보고 있었다. 내가 수면제를 삼킨 것은 자살을 시도한 것이 아니라, 내게 힘든 일을 맡긴 아버지에 대한 일종의 시위와 괴로움을 잊기 위한 일시적인 방편이었다. 살아가면서 이따금 병원에서 수면내시경을 하게 되는데, 스무 살 적에 느꼈던 의식이 흐려지면서 편안하고 나른했던 달콤함에 빠져들곤 한다. 어찌 보면 나의 인생은 '죽고 싶다' 하면서도 '살아야 한다'라는 아이러니의 연속인 것 같다. 이러한 간절함은 유체 이탈로 이어져 십여 시간의 무의식 상태에서도 꿈을 꾸며 살아나려고 발버둥 친 일도 있었다.

2, 30대에는 작은 일에도 자아의식이 흔들려 자살 유혹을 받기 쉽다. 4, 50대가 되면 살아야 할 구실이 생겨 자살 유혹에서 한걸음 물러서게 되고, 60대가 되면 나머지 삶의 그림이 그려지면서 마음이 안정을 찾아간다. '물 흐르듯 순리대로 살아야 한다.'라는 체념과 터득으로 근심을 덜어내고, 환상으로 꿈꾸던 것을 실현해 보고 싶다는 조급함에 남은 시간이 짧다는 것을 느끼게 된다.

자살은 혼자의 의지로는 도저히 해결할 수 없는 막막한 상황에 부닥쳤을 때 스스로를 포기하는 상태를 말한다. 자살하기 전, 주위 사람들에게 자살을 암시하는 것은 사랑과 관심을 원하는 본능적인 심리 작용이라 하겠다. 그때 누군가의 진심 어린 사랑과 격려가 있다면 자살 유혹에서 벗어날 수도 있을 것이다.

내가 심한 스트레스로 시달리던 30대였다. 머리에는 군데군데 바늘로 찌른 것처럼 깨알 같은 핏방울이 솟아오르고 죽을 것처럼 숨이 막히고 답답했다. 그렇게 지치고 힘들 때 빛처럼 떠오르는 한 사람이 있었다. 나는 그를 만나 부끄러운 줄도 모르고 유언하듯 내 고통을 토로했다. 그는 "너의 비틀거리는 모습은 보기 싫다. 나에

　　　　　　　　　　　　한동희 | 인동초 사랑

게는 네가 어떻게 살고 있을 거라는 이미지가 있으니 실망시키지 마!"라고 단호히 말했다. 나는 그에게 아픈 상처만 남겨주고 떠나 왔는데, 그는 비틀대는 나를 바로 일으켜 세워주었다. 나는 비로소 그 앞에 반듯한 모습으로 다시 서보겠다고 스스로 굳게 다짐했다.

따듯한 봄볕 아래 나른한 권태에서 자살 유혹을 느끼기도 하지만, 대게 현실적인 번민과 고통이 누적된 상태에서 순간적으로 자살을 단행하게 된다. 고층 아파트에서 떨어져 자살하려는 사람들은 자신이 땅에 떨어지는 것이 아니라 가볍게 하늘로 날아가는 착시 현상을 느낀다고 하는데, 나도 그런 착시 현상을 느껴본 적이 있다. 무언가에 갇혀있는 답답한 현실을 떠나 하늘을 훨훨 날아보고 싶은 충동이 일어났다. 집채만 한 덤프트럭에 부딪혀도 아프지 않을 것 같은 무디어진 신경, 마음의 상처가 이쯤에 이르면 영혼은 반쯤 빠져나가 생각의 여념이 없다. 자신도 자기의 마음을 몰라 뿌리 뽑힌 나무처럼 마음의 중심을 잃고, 무언가에 쫓기듯 불안하고 초조해진다. 죽을힘으로 살아야 한다는 분별력이 있다면 자살도 하지 않을 것이다.

나는 오늘도 자살 유혹에서 벗어나기 위해 환상 여행을 한다. 한두 해 정도 낯선 곳에 가서 새로운 문화에 접해보고 싶다는 소망을 안고 먼 곳으로 떠나는 환상에 젖어본다.

지중해 연안의 어느 작은 섬에는 파란 바다와 하얀 집들을 배경으로 그림을 그리는 사람들이 모여 살고 있다. 그곳의 교통수단은 말과 당나귀로 자동차가 없는 조용한 마을이다. 주위의 아름다운 풍광에 젖어 고기잡이하며 그림을 그리다 보면 자신도 모르게 화가가 되어 그림을 전시하고, 이웃 노인들은 서로 친구가 되어 담소하며 평화로운 삶을 살아가고 있다. 책자를 통해 본 그 모습에 나를 대비시켜 노년을 꿈꿔본다. 지중해 연안의 아름다운 풍광과 노인들의 순전한 미소. 마을 사람들과의 교감을 통해 변화된 나의 모습을 글에 담아보고 싶다. 만약 그곳에서 마지막 사랑을 만나게 된다면 그대로 눌러앉아 생을 마감할 수도 있겠다. 어차피 인생은 이루지 못한 것을 찾아 떠나는 끝없는 여정이 아니겠는가.

(『한국수필』 2009. 9월호)

에필로그

다섯 번째 수필집 출간을 준비하며 원고를 정리하다가 뜻밖에 수필 〈환상 여행〉을 발견했다. 1998년 IMF 이후 경제적인 공황 상태에 좌절하여 자살하는 사람들이 늘어났다. 이 작품은 그러한 사회현상을 염려하여 '나는 이렇게 자살을 극복했다'라는 제재로 기획된 테마 수필이다. 유기된 채 묻혀있는 작품인데, 잊고 있었던 것이 미안하고도 반가워 다독이고 수정 보완했다.

한동희 | 인동초 사랑

스쳐간 인연

'놓친 열차는 아름답다'라는 서정범 교수의 수필에 보면 곁에서 낚시하던 어느 교수의 놓친 대어 이야기와 함께 기차 통학하던 여학생에 관한 이야기가 나온다. 대어와 여학생 모두 놓치고 노년이 되어 젊었을 때의 아름다운 추억을 회상한다.

우리에게도 모두 스쳐 간 인연 한둘쯤 있지 않을까 싶어 입가에 미소가 흐른다. 그 인연이 사람이 아닌 그 무엇이라도 놓치고 나면 아쉽고 아름다운 추억이 된다. 그 인연이 내 운명이 되어 좋게 마무리되기는 쉽지 않은 것이어서 스쳐 간 인연에 대한 동경과 아쉬움이 뒤따르는가 보다. 그래서 놓친 열차는 아름답게 묘사될 수밖에 없는 것 같다.

내게도 생각해 보면 잊히지 않는 인연이 여럿이지만 그중 세 가지가 이따금 아쉬움으로, 아름다움으로, 안타까움으로 떠오르곤 한다.

스무 살 즈음

여자 나이 스무 살이라면 한껏 물오른 꽃봉오리라 하겠다. 그때 나는 상도동 '장승배기'에서 살았다. 꿈도 많고 세상 물정 몰라 근심 걱정 없이 하늘을 오를듯한 기세로 살던 스무 살 즈음.

나는 흰 바탕에 검정 체크 줄무늬의 스커트 위에 하늘색 니트를 걸치고 시내로 나가는 버스에 올랐다. 버스가 서울역쯤에 이르렀을 때 곁에 있던 군복을 입은 청년이 다가와 내게 말을 걸어왔다. 자기는 상도동에 살고 있는 영화배우 남○○씨의 동생 친구인데. 지금 친구를 만나러 상도동에 갔다 오는 길이라며 자기의 신분을 밝히며 데이트 신청을 해왔다. 아마 버스 안에서 시내로 나오는 동안 나의 일거수일투족을 살펴본 모양이다. 나는 갑작스런 데이트 신청에 당황하면서도 그가 안내하는 대로 따랐다. 나도 은근히 그의 군인 복장에 안심하고 아무개 동생이라고 밝힌 믿음과 예의 바른 태도에 호감을 느꼈던 것 같다. 60년대 초에는 길에서 누가 따라와 데이트 신청을 한다고 해서 경계를 할 만큼 사회가 어지럽지는 않았다.

나는 그가 안내하는 대로 대한극장 옆에 있는 어느 케이크 가게로 들어섰다. 그는 근처에 있는 자기 집에 가서 복장을 갈아입고 올 테니 잠시만 기다려 달라고 했다. 그런데 기다리며 생각해 보니, 내가 지금 무슨 짓을 하는가 어이가 없어서 그냥 그곳을 뛰쳐나오고 말았다. 그와의 인연은 잠시 스쳐 가는 것으로 끝이었다.

한데 잠시 스쳐 간 그와의 인연이 생각날 때가 있다. 그야말로 군복에 적혀 있던 이름도 얼굴도 생각나지 않는 사람인데, 그는 지금 어떻게 살고 있는지 궁금해질 때가 있다. 그때 그가 군복을 사복으로 갈아입고 나와서 내가 앉아 있던 빈 의자를 보며 어떤 표정을 지었을까? 그냥 입은 대로 앉아서 차 마시며 이야기하면 될 것을, 옷 갈아입고 나올 시간을 기다릴 여자가 어디 있다고….

차~암 아쉽다.

선희야, 어디 있니!

큰아이가 초등학교 1학년 때였다. 같은 반에 '박선희'라는 야무지고 옹골찬 아이가 있었다. 우리 가족은 남편의 직장 관계로 대구 내당아파트에서 살았는데, 선희네도 같은 아파트에서 살았다. 나는 고향이 서울이고 선희 엄마는 경기도여서 서로가 고향 떠난 타향살이라 더 가까이 정을 느끼며 살았던 것 같다. 서로 사돈하자는 농담을 주고받을 정도로 한 식구처럼 지냈다.

그때 우리 집에는 소형냉장고가 있었는데 선희가 자기네 집에 커다란 냉장고를 사주면 우리 아들과 결혼하겠다고 해서 한바탕 웃은 일이 있다. 우리 아들도 이따금 "선희는 결혼했을까?" 하며 옛 친구 생각을 하는데, 선희와 우리 아들이 결혼했다면 아들의 인생도 바뀌지 않았을까? 어린 마음에도 고생하는 엄마를 위해서 냉장고를 사달라는 마음이 기특하기도 하고 야무지기도 하여 오래도록 잊히지 않는다.

그때 선희네 집에 큰 냉장고를 사줄 걸….

한 번은 우리가 같은 아파트 안에서 이사하게 됐는데, 선희 엄마는 밤늦도록 우리의 이사를 도와줬다. 나중에 보니 이삿짐에 부딪혀서 넓적다리에 시퍼렇게 멍이 들어 있었는데 선희 엄마는 한마디도 군소리하지 않아 그 고마움과 미안함을 잊을 수가 없다. 그 후 우리는 대전으로 이사를 하였고 선희네는 서울 잠실로 이사했다는 소식을 들은 후 소식이 두절되었다.

요즈음 텔레비전에서 방영하는 'TV는 사랑을 싣고'라는 프로에 나가 선희 엄마를 찾아보고 싶다는 생각이 들곤 한다. 그런가 하면 찾은 후에도 예전처럼 정답게 살 수 있을까 하는 걱정이 앞서기도 하지만 선희 엄마는 변하지 않았을 거라는 믿음이 간다. 서로 떨어져 살았기에 옛정이 그립고 아름답게 느껴지겠지만, 좋은 사람과의 인연의 줄은 놓치지 말아야 한다는 인생 공부의 철칙을 늙어서야 느꼈다.

강아지에게서 느끼는 정

그간 살아오며 이런저런 인연으로 여러 번 강아지를 키웠고. 또 이별도 했다. 강아지도 정이 들면 이별하는 게 힘들다. 키울 때는 즐겁기도 하고 귀찮을 때도 있지만 정작 어떻게 죽음을 맞이하는

가에 따라 주인의 슬픔도 그 빈도가 다르다. 물에 빠져 죽은 놈도 있고 심장마비로 죽은 놈도 있고 병원에 가서 죽은 놈도 있다. 그런가 하면 집안에 사정이 있어서 키우던 놈을 친척 집에 보냈는데, 그놈이 보고 싶어 우리가 방문한 다음 날 그놈은 스스로 목줄을 끊고 친척 집에서 도망쳐 나갔다고 한다. 아마 주인(우리)을 찾아간 것이라는 추측을 하며 짐승의 의리와 깊은 정에 안타깝고 미안할 따름이었다. 그러나 그 죽음도 차차 잊히기 마련이지만 유독 정이 가는 놈도 있다.

내 생에 마지막으로 가족처럼 키웠던 두 마리의 강아지(요크셔테리어) '막내'와 '꼭지'는 죽은 지 5, 6년이 되었지만 아직도 내 마음에 도사리고 앉아 있다. 극성맞고 애교 많은 꼭지. 속 깊고 순한 막내. 그들은 이모와 조카지간이지만 성격이 매우 달랐다. 꼭지는 혼자 집에 놔두면 외롭다고 심술을 부리는데, 화분을 쓰러뜨리거나 커튼을 물어뜯는 등 의사표시가 요란했다. 반대로 막내는 내가 병원에 입원했을 때 현관 중문 앞에 앉아서 내가 퇴원하여 집에 오기만을 기다렸다고 한다. 막내를 껴안고 자면 참으로 포근하고 따듯했었다.

어떤 이는 강아지(개)와 사람과는 다르니 구별해야 한다지만 때로는 사람보다 의리 있고 사랑 많은 게 짐승이기도 하다. 현대인의 외로움을 달래주는 강아지를 사랑하는 이들을 이해하지만, 제발 산책하다 떨어뜨린 배설물은 담아가시기를…. 강아지의 체면도 생각해 주세요.

다시 시작하자

- 버킷리스트

책상 앞에 '죽기 전에 하고 싶은 10가지' 버킷리스트 항목을 크게 적어 벽보처럼 붙여놓았다. 소원한다고 모두 이루어지는 것은 아니지만 무덤덤하게 사는 것보다 목표를 세우면 그 목표 자체가 삶의 활력이 될 수도 있겠기에 말이다. 앞으로 10년을 염두에 두고 계획한 것이지만 마음이 바빠진다.

가장 다급한 것이 아들 결혼시키기이고, 다음은 가슴에 30명 품고 기도하기이다. 차츰 가슴의 품을 키워 대상을 늘리려 하는데 그것은 그만큼 내게도 많은 사람들의 기도가 필요하기 때문이다. 그동안 신세 진 사람들에게 음식 대접도 해야 하고, 영양제 한 알이 절실한 사람들과 이어진 사랑의 끈도 놓아서는 안 된다. 십여 년 전부터 국제재난 기구에 작은 정성을 보내고 있는데, 그것도 내기 힘들 때는 그만두고 싶은 적도 있었다. 그러나 그 작은 성금으로 내가 이 세상을 공짜로 사는 것이 아니라는 긍지도 생겨, 그 끈을 놓을 수가 없다.

다음은 백내장 수술로 포기한 운전도 다시 시도해야 하고, 다리

힘 있을 때 먼 곳으로의 여행도 계획해야 한다. 또한 석양의 노을이 곱게 내려앉는 곳에 작은 집을 짓고, 그 집에서 자연에 순응하는 삶을 살아가며 아름답게 늙어가고 싶다. 그러다 보면 수필집 한 권쯤 더 출간하게 되지 않을까. 적고 보니 희망 사항이 너무 과한 것 같지만, 아무튼 시작이 반이라고 욕심도 내 볼 만하지 않은가.

희망 사항 중에는 영화감상 100편도 있다. 마음을 작정하고 난 후 네 번째 감상한 영화가 ≪비긴 어게인(Begin again)≫이다. 아름다운 사랑과 함께 좌절과 실망을 극복하고 다시 노래를 시작하는 영화이다.

싱어송라이터인 그레타(키이라 나이틀리 粉)는 남자 친구 데이브(애덤 리바이 粉)와 음악적 파트너로 함께 노래를 만들고 부르는 행복에 젖어 산다. 그러나 그러한 행복도 잠시, 남자 친구 데이브가 음반 회사와 계약하게 되면서 뉴욕으로 오게 되고, 스타가 된 데이브는 변심하고 만다. 한편, 음반 회사에서 해고당한 스타 음반 프로듀서였던 댄(마크 러팔로 粉)은 미치기 일보 직전에 뮤직바에서 크레타의 자작곡을 듣게 되고 그녀의 녹슬지 않은 음악의 기능성에 음반 제작을 제안한다. 소속사가 없는 이들은 의기투합하여 거리의 밴드를 결성하고, 뉴욕 거리를 스튜디오 삼아 자신들이 부르고 싶었던 노래를 만들어 군중들의 열띤 환호와 갈채를 받는다. 음악만큼 대중과 일치되어 치유의 힘이 고스란히 전달되는 예술도 없을 듯하다. 경찰의 단속을 피해 다니며 거리에 스튜디오를 만들고 마음껏 기량을 발휘하며 노래 부르는 그들은 길 위에 자신들의 인생을 그려나가는 것 같았다.

어느 사이 나도 훌륭한 음악에 흠뻑 취해 자신도 모르게 그들의 밴드음악에 맞춰 발을 구르고 몸을 흔들었다. 나도 그들의 단원이 되어 신나는 음악 여행을 하고 있었다. 참으로 오랜만에 나 자신으로 돌아온 것 같아 기쁘고도 쓸쓸했다. 몇 해 전까지만 해도 두 여동생과 외국의 어느 거리를 떠돌며 한국인의 한(恨)과 익살이 담긴 '품바' 춤을 추어보자고 감춰둔 끼를 발산할 구상도 했었는데…. 어찌하여 우리는 무언가에 묶여 아까운 세월만 보내고 있는지, 멀어져 가는 젊음이 안타까울 뿐이다.

음반 회사는 거리의 밴드로 성공한 그레타와 댄에게 좋은 조건으로 계약을 제의하지만, 그들은 거절하고 인터넷을 통한 음악 활동을 선택한다. 아무리 많은 부(富)를 안겨준다 해도 음반 회사가 정한 틀에 맞춰 노래하는 것보다 자신들이 하고 싶은 음반을 만들고 노래하며 남의 인생이 아닌 자신들의 인생을 살겠다는 의지와 패기가 강하게 느껴졌다. 환경에 구애받지 않고 자기가 좋아하는 것을 하며 사는 것이 진정한 행복이라는 것과 한때의 좌절과 고통이 삶의 밑거름이 될 수 있다는 것을 느끼게 해준 영화였다.

지난 몇 년간, 나는 마음속에 작은 오두막을 짓고 세상과 유리된 채 어둡고 침울한 나날을 보냈다. 내림의 늪에 빠져 헤어나지 못할 때 습한 오두막을 찾아와 따뜻한 위로와 격려로 손을 잡아준 이들이 고맙다. 그리고 '다시 시작하자'라고 마음에 울림을 준 한 편의 영화, '비긴어게인'….

세상 사람들이 "나와 함께 노래할래요?"라고 외치는 것 같다. 정다운 사람들과 감흥의 예술이 있어서 세상은 더욱 아름답다.

이제 나도 인생을 다시 시작해야겠다. 나이와 상관없이 죽기 전에 하고 싶은 10가지 목표를 향해서 열심히 뛰어야겠다.

(『그린에세이』 2014. 11~12월호)

삶의 변주곡을 찾아서
- 내가 걷는 문학의 길

내 문학의 근원은 서해 바닷가와 염전, 그리고 여름이라고 하겠다. 태양의 계절에 얽힌 어린 시절의 추억이 기억에 저장되어 그리움으로 떠오르고, 추억은 어느 사이 글쓰기의 밑그림이 되어 나에게 문학이라는 넓고 깊은 바다로의 항해를 부추긴다.

초등학교에 입학하던 해에 한국전쟁이 일어났다. 그때 우리 가족은 시흥에 살고 있었는데 피난처를 아버지의 고향으로 잡았다. 수원을 지나 서쪽으로 사십여 리, 그곳은 서해와 접해있는 청주 한 씨만 모여 살고 있는 조용한 씨족 마을이었다. 더는 떠밀린다고 해도 갈 곳이라곤 바닷물 속뿐이어서 아군도 적군도 쉽사리 쳐들어 갈 수 없는 평화로운 곳이라 한다. 우리 가족이 그곳으로 피난 내려간 것을 기점으로 아버지는 열여섯에 혈혈단신 떠나온 고향에 당신의 기둥을 세워놓고 싶었던 것 같다.

얼마 후, 아버지는 시흥에 있는 사업체를 정리하여 고향에다 정미소와 농토, 염전을 장만했고 바다가 훤히 내려다보이는 곳에 우리 집을 지었다. 나는 그곳에서 지평선을 붉게 물들이며 내려앉는

    한동희 | 인동초 사랑

석양의 황홀한 광채와 노을을 바라보며 처음으로 충격적인 아름다움에 사로잡혔다. 선홍색 빛깔에 물들어 꿈을 꾸듯 졸고 있는 섬, 섬, 섬…. 그 섬들은 내게 무한한 상상과 동경을 심어주었다.

이른 아침, 썰물을 따라 바다 멀리 나가는 맛 꾼들의 행렬로 하루가 시작된다. 언젠가 그들을 따라갔다가 조갯살 하나도 잡지 못하고 뒤따라오는 물살에 혼비백산, 무릎까지 빠지는 질퍽한 갯길을 빠져나오던 일도 즐거운 추억의 한 토막이다. 맛 꾼들이 잡은 해산물을 언덕 위에서 기다리는 판매 차량에 넘기고 나면 하루를 무사히 지낸 것을 감사하듯, 어디선가 두레패들의 신명 난 풍악 소리가 은은하게 들려온다.

해 질 녘, 염전에서는 종일 뙤약볕에 졸아든 소금을 고무래로 긁어모으는 염부의 흥얼거리는 콧노래가 들려오고, 하늘에는 갈매기가 소리치며 날갯짓하는 서해 바닷가. 물 빠진 저수지에 들어가 온몸에 개흙 칠을 하며 망둥어 잡는 개구쟁이들의 일탈이 눈에 보이고, 달 밝은 밤에 친구들과 소곤거리며 참외 서리하던 철없던 그 시절이 그립다.

밤이면 마당에 깔아놓은 멍석에 누워 하늘에 총총히 떠 있는 별과 별 사이를 흘러가는 신비스러운 은하수가 금방이라도 얼굴에 쏟아질 것 같은 별천지에 마음을 빼앗기곤 했다. 견우와 직녀를 갈라놓은 은하수 옆의 별자리를 짚어 가며 작은오빠가 들려주던 신비한 우주의 세계에 빠져들기도 한다. 이 모든 광경은 삶의 현장에서 경험한 일들로 추억의 창고에 저장되어 갔다.

한국전쟁으로 폐허가 된 도시는 휴전협정으로 차츰 복구되어 갔고, 아버지는 서울에 거처할 집을 마련하여 자식들을 올려보냈다. 나도 서울로 전학했고, 여름방학이면 한 달간 염전이 있는 서해 바닷가로 내려가 추억을 만들곤 했다. 그러나 어머니와 떨어져 생활하는 동안 어머니에 대한 그리움과 외로움이 나의 감수성을 자극해 한 발 더 문학의 길 가까이 가게 했던 것 같다. 문예반에서 활동하며 문학에 대한 가능성을 인정받아 나의 자존감을 지켜갔다.

그렇다고 그 가능성을 그대로 이어서 작가가 되겠다는 꿈을 꾼 것은 아니었다. 정적(靜的)인 문학보다 춤이나 연극과 같은 동적(動的)인 작업이 내 기질에는 더 잘 맞는 것 같았다. 춤꾼이 되겠다고 장구채를 잡고, 신라 화랑도의 칼춤(칼군무)과 부채춤에 심취하며 그에 필요한 소도구를 집에 가져오기도 했는데 큰오빠의 호된 꾸지람으로 그만두었고, 연극무대에 두 번 올라가 공연도 했으나 그도 포기하고 말았다. 그 당시만 해도 춤이나 연극은 예술로서의 가치보다 천시받는 경향이었다. 큰오빠는 고등학교 졸업반 때 지금은 문단의 원로가 되었거나 돌아가신 분들과 함께 시집을 낼 정도의 문학도였으므로, 내가 춤꾼이나 연극인이 되는 것을 환영할 리 없었을 것이라는 생각이 든다.

나는 무용과 연극에 대한 꿈을 접고 다시 대학의 '문학의 밤'을 기웃거리며 유명한 소설가들의 소설작법 강의에 귀를 기울였지만, 그보다는 음악 감상실을 드나들며 우울한 영혼을 달래는 것으로 위안을 받았다. 이렇게 문학의 언저리를 서성이다가 사십에 수필로 등단하였다.

지금 내가 수필가가 되어 있는 것은 '첫 번째 삶에서는 실수를 저지르고 두 번째 삶에서는 그 실수로부터 이득을 얻는다'라는 소설가 DH 로런스의 말처럼, 그저 시간에 끌려가는 존재감 없는 삶에서 이 세상의 원리에 천착하는 삶으로의 이동을 시작한 것이었다.

내 인생의 절정기는 사십 이후 20여 년이 아닌가 생각된다. 1984년 신사임당기념 백일장에 입상한 것을 계기로 윤모촌 선생님과 서정범 선생님께 수필의 본질에 대한 고된 훈련을 받으며 1985년에 초회 추천, 1986년에 추천 완료를 받아 문단에 등단하였다. 등단 후에도 압축된 시어와 탄력 있는 문장을 수필 문장에 접목하기 위해 수시로 시 강의를 들으며 감성을 키우려 노력했다. 또한 수필의 본질은 남에게 아름답게 보이기보다는 진솔함에 있다는 것을 염두에 두고, 누군가 내 글에서 위로받기를 원하며 미숙하고 흠결 많은 나를 드러냈지만 실상 위로를 받은 것은 나 자신이었다. 수필을 쓰지 않았다면 무엇으로 살았을까 싶을 정도로 나는 수필에 기대어 살았다.

나는 그동안 여러 편의 수필에서 서해 바닷가와 염전, 여름이라는 삼각의 축을 중심으로 벌떡이는 삶의 세계를 그려왔다. 그곳은 내 문학의 근원지였기에 자연스럽게 표출된 추억의 한 단면이기도 하다.

이제 세상도 사람도 여름도 변해 버렸다. 온갖 해산물이 서식했던 바다 어장에는 방파제를 만들어 밀물과 썰물이 드나들 수 없는 간척지가 되었고, 아버지의 슬픈 영혼이 서려 있는 염전은 낯선 사람들이 오가는 양어장이 되었다. 또한 소금꽃을 피웠던 아름답던 여름날이 이상기온 찜통더위로 사람들에게 배척당하고 있지 않은가. 그 누가 있어 나의 기억에 저장된 풍성하고 활기찬 여름 풍경 속으로 나를 데려다줄 수 있을까.

이제 수필가라는 이름을 지니고 산 지 35년이 되어가지만 갈수록 문학을 한다고 말하는 것이 조심스럽고 두렵기만 하다. 글에 대한 열정도 식어가고 삶에 대한 감동도 미진해지는 까닭이다. 열정과 감동이 없는 글은 생동감이 없을 터, 예전보다 못한 글이 나오면 글쓰기를 중단해야 한다는 생각에 한동안 죽은 듯이 나의 존재를 거부하고 있었다. 나는 잠시 삶의 중심은 나 자신이라는 것을 잊고 있었나 보다.

나 자신의 가치와 존재감을 위해 또다시 아름다운 삶의 변주곡을 찾아서 키보드를 두드리는 작업은 계속될 것이다.

(『한국수필』 2019. 11월호)

내 옆구리를 찔러 줘

20대 초, 필리핀에서 어학연수를 하던 중 월세 보증금 300만 원을 털어 마닐라 야시장에서 떡볶이 노점상을 차린 것을 기점으로 10여 년 만에 김치 시즈닝 파우더(가루 양념)을 개발하여 성공한 30대 한국 여성 사업가의 기사가 신문에 실렸다. 그녀의 개발 상품에 한국의 김치가 밑바탕이 되었고, 김치에서 뽑은 유산균을 주입해 발효하는 공정을 거쳐 생산하는 김치 시즈닝은 미국뿐 아니라 전 세계로 퍼져나가 인기 상품으로 주목받고 있다고 한다.

기사를 읽으면서 내가 2, 30대 젊은이였다면 그녀처럼 기발한 아이디어와 열정으로 도전하고 싶기도 했다. 그녀의 성공 비결은 고객을 친절과 웃음 띤 표정으로 대하는 것이라는 데, 그보다는 주변 상가 앞을 청소하는 봉사에 있었다는 것에 더욱 관심이 간다. 그녀는 거울에 비친 짜증과 피곤과 불안이 잔뜩 붙어있는 자신의 표정을 바라보면서 "이런 얼굴로 떡볶이를 팔면, 나라도 안 사 먹을 것 같았다."라며 떡볶이 장사를 시작하던 때를 떠올렸다. 떡볶이 장사를 같이하던 동생에게 "언니가 웃지 않으면 옆구리를 치라.”고 부탁했는데 3시간 장사하는 동안 30초마다 동생에게 옆구리를 찔렀다는 말이 인상적이었다.

이 글은 웃음이 사라진 지 오래인 나에게 그냥 스쳐 지나가는 말이 아닌 울림으로 크게 다가왔다. 사업 성공을 위한 억지웃음에서 고객들이 정성 어린 음식을 먹으며 즐겁고 건강해지기를 바라는 진심 어린 웃음을 보내기까지 무던히 노력한 젊은 여성 사업가에게 찬사의 박수를 보냈다. 그녀는 웃음으로 사업을 성공시켰지만, 나는 잃어버린 웃음을 소환해 인생 말년을 웃음으로 마무리한다면 이 또한 성공한 인생이 될 수 있겠다고 스스로를 위로해 본다. 신문 한 면을 꽉 채운 웃음으로 터질 듯한 그녀의 얼굴을 보며 웃음의 필요성과 의미를 되새겨보았다.

‘웃는 얼굴에 침 뱉으랴.’라는 말이 있듯이, 아무리 미워도 웃는 얼굴에 침 뱉을 수야 없지 않은가. 웃음소리가 들려오는 집 문안으로 복이 들어온다는 말이 전해 내려오지만, 인간은 마음속에 도사리고 있는 오욕(五慾)을 쫓아내지 못하여 얼굴은 날로 그늘져가고 웃음이 사라져 가는 것이 아닐까 한다.

웃음이 사라지는 첫째 이유로는 가장 가까운 가족 간의 파열음에서 오는 스트레스로 시작되어 사회생활을 하며 겪는 여러 가지 요인들로 웃음을 잃는 경우가 허다한 것 같다.

어쨌거나 나는 언제 생사를 가를지 모를 지병을 달래며 살고 있다. 신문 기사를 읽고 나서 얼굴에서 사라진 웃음을 되찾고자 애써 보지만 쉽지 않다. 언젠가 웃음 치료 교실을 찾아서 강의를 들으면서 억지웃음을 시도해 보았으나 근본적인 환경 변화가 없고 보니 행복의 '엔도르핀'은 생성되지 않았다. 웃음 치료를 위한 자발적인 동참도 좋지만, 그보다는 유머 감각을 키우는 것이 지혜로운 선택으로 생각된다. 수양이 부족한 탓도 있지만 우리의 삶에는 인간의 능력으로 해결할 수 없는 문제도 있기 때문이다. 억지웃음은 스트레스가 될 수도 있지만 근육의 이완 작용에 도움이 된다니 아무튼 웃음은 만병통치에 으뜸인 것 같다. 억지웃음도 습관이 되면 서서히 근육이 풀리듯, 자주 웃는 연습을 하다 보면 통증은 감소하고 자연 회복이 될 것이라고 한다.

지금 온 인류는 '코로나19' 팬데믹 사태와 그로 인한 경제적 침체 현상, 정치적 이슈에 시달리고 있다. 우리 사회도 전반에 걸쳐 불안과 초조, 우울에서 헤어나지 못하고 있는 지금처럼 절대적으로 웃음이 필요한 때가 있었던가 싶을 정도로 원성과 비탄에 빠져 있다. 빛을 잃은 사람들에게 웃음의 백신을 찔러줄 수 있는 방도는 없는 걸까.

'웃음보다 좋은 보약도 없다'라는 진리를 깨닫고 보니 웃음을 놓치고 산 세월이 아깝기만 하다. 그렇다면 내 얼굴의 무표정은 '감사'할 줄 모르는 데서 기인 된 것이 아닐까 하는 생각도 든다. 물병의 물이 줄어든다고 조바심 내지 말고 그래도 남은 물에 안심하며 감사하는 마음이 있을 때 어두운 얼굴에 밝은 웃음이 되살아나지 않을까 하는 쪽에 비중을 두어본다. 나보다 더 아픈 사람도 있고 슬픈 사람도 많은데 가진 것에 감사함을 잊고 비탄에 빠지곤 했었다.

모쪼록 내 옆 사람이 우울해할 때 '활짝 웃어보라'라고 옆구리를
찔러줄 사람이 많은 따뜻한 사회가 되었으면 좋겠다.

(『순수문학』 2020년 7월호)

두 여자

내게는 같은 또래의 45년 지기 친구가 있다. 그녀와는 우리 가족이 지방에 거주할 때 아이들 초등학교 학부모 모임에서 만났다. 그때 맺은 인연으로 이어져서 이제 팔십을 바라보는 노년에 이르렀다. 친구는 그대로 그 지방의 토박이로 살고 있고, 우리는 아이들이 초등학교 고학년일 때 서울로 올라왔다. 나는 서울 태생이지만 남편의 직장 관계로 수년간 지방을 떠돌다가 고향으로 돌아온 것이다.

요즈음 코로나19 팬데믹으로 집안에 들어앉아 있게 되니 학교 동창이나 사회생활 하며 사귀었던 사람들과도 멀어지게 되었다. 만나지는 못해도 이따금 안부를 물어오는 지인들이 있는데 이 친구처럼 자주 전화를 걸어오는 사람은 없다.

친구는 하루에 두 번씩 내게 전화를 걸어올 때도 있지만, 보통 사흘들이로 전화하면서 "네가 보고 싶어 병이 났다."라며 한번 내려오라고 성화한다. 그 친구의 농담 어린 말이 고맙기는 해도 나는 "혼자 사는 네가 올라오라."라고 대꾸한다. 서로 '올라오라' '내려오라' 하면서 꼼짝도 하지 않는 늙은이가 되어 있다.

친구는 내게 "아직도 글 쓰느냐?"라고 묻는다. 이제는 쓸 것이 없어서 안 쓴다고 하면 제 얘기라도 쓰라고 한다. "네 얘기할 게 무엇이 있느냐?"라고 퉁박을 주었지만 가만히 생각해 보면 글 쓸 소재가 아주 없는 것도 아니다. 서로 집안 사정도 알만큼은 알고, 남편 허물도 흉금 없이 털어놓는 사이이고 보니 내가 무슨 말을 해도 그 친구는 폭포수가 쏟아져 내리듯 시원하게 웃어댈 것이다.

친구와 나는 서로 다른 점이 많다.

친구는 독실한 기독교 신자이지만 나는 성경 구절 하나도 제대로 외우지 못하는 무늬만 아름다운 신자이다. 새벽예배에 나가 나를 교회에 나오게 해달라고 기도한다는 고마운 친구이다.

친구와 나는 성격도 다르다. 그 친구는 대체로 너그러운 편이지만 나는 좀 까탈스럽고 예민한 데가 있다. 대화 중에 그 친구는 나한테 "이 지지배야!"라고 할 때도 있는데 나는 한 번도 그 친구를 그렇게 불러본 적이 없다. 어릴 때 친구들이 다정하게 부르던 그 말을 중년이 되어 만난 사람에게서 들으니 왠지 멋쩍게 느껴졌다.

한 번은 시집간 나의 딸에게 '계집애'라고 했는데 딸이 "제 아들 앞에서는 그렇게 부르지 말라."고 했다. 나는 시집가기 전의 다정한 딸과 엄마로 돌아가고 싶어서 그렇게 불러봤는데, 딸의 생각지 않은 반응에 섭섭하고 민망했었다. 그제야 친구가 나에게 '지지배'라고 부른 것은 어릴 적 친구 같은 마음으로 다가와 외로움을 달래려 했을 거라는 생각이 들었다. 제 딴에는 깊은 우정의 뜻으로 그렇게 불렀는데, 그 마음을 이해 못 했던 것이 미안했다.

또 나와 친구의 다른 점은―이건 어디까지나 내 생각이지만―나는 남싸롱 옷을 입어도 멋있다는 소리를 듣는데, 친구는 아무리 비싼 옷을 입어도 어울리지 않는 것 같다. 그 친구와 스페인 여행을 같이 갔을 때의 일이다. 친구가 인천공항의 면세점에서부터 많은 화장품을 사들여 가방을 가득 채웠다. 스페인에 가서도 이것저것 사들인 물건으로 여행용 트렁크가 포화상태가 되어, 그것보다 더 큰 것을 구입하여 그 안에 가져간 트렁크를 겹쳐 넣는 수선을 떨었다. 그것도 모자라서 다수의 물건을 공간이 넉넉한 내 트렁크에 넣어달라고 부탁했다. 귀국하여 인천공항 바닥에 앉아 내 여행용 가방을 활짝 펼쳐놓고 친구가 맡긴 물건을 건네주었는데, 여러 사람이 쳐다보는 것이 국제적 망신 같아 얼굴이 화끈거렸다. 여행 가서 무슨 보따리 장사꾼처럼 물건을 잔뜩 사 가지고 온 친구에게 살짝 비위가 상했다.

또 나와 친구의 다른 점은, 각자 남편의 성격과 처신에 따라 두 여자 노년의 팔자가 다르게 되었다는 점이다. 여자는 어떤 남자를 만나느냐에 따라 팔자가 뒤바뀐다고 해서 '뒤웅박 팔자'라는 말이 생겼나 보다.

젊었을 때, 그 친구는 이따금 남편에게 얻어맞으면, "동희야! 나 또 맞았어."라고 하소연하곤 했다. 나는 그 남편의 불같은 성격에 실신하는 친구가 딱해 보였다. 친구의 남편은 중소기업체를 운영하고 있었는데 친구와 나이 차이가 많다. 고혈압이 있는 친구 남편은 아내보다 먼저 세상을 떠나게 되면 아내가 세 아이와 어떻게 살아갈까 하는 걱정은 달고 살았던 것 같다. 성질을 부리고 이따금 아내에게 손을 대기는 했지만 "밖에서 아양 떠는 ○○은 다 필요 없다."라며 아내의 치마폭에 푼돈도 아닌 돈뭉치를 던져주곤 했다. 친구는 남편이 던져준 돈뭉치로 재산을 늘렸다. 정말 남편이 먼저 세상을 떠났고 친구는 큰 자산가가 되어 있었다. 결혼한 자식들에게 대우받으며 만고에 편안한 생활을 하고 있다.

친구가 내게 자주 전화하는 건 혼자 지내는 외로움과 하는 것 없이 심심한 까닭인 것도 같아서 나는 팔자 좋은 소리 그만하라고 면박을 주곤 했다. 사실 밥상머리에 혼자 앉아 느끼는 친구의 외로움을 달래주고 말동무가 되어주고 싶지만, 내가 실의에 빠져 있어서 그 친구의 응석을 받아줄 마음의 여유가 없는 것이다. 물질적으로 풍족한 친구도 혼자 사는 외로움을 호소하는 것으로 보아 행복의 기준을 어디에 두어야 할지 다시 한번 생각하게 된다.

나의 남편은 젊은 시절 열정과 투지로 대기업의 중견 간부에까지 이르렀지만 그것에 만족하지 못하고 사업을 하겠다고 나섰다. 그때 남편은 영업 파트를 담당했는데 전국 판매실적 1위를 놓치지 않는 베테랑급 임원이었다. 회사의 고위직 간부들이 몇 번씩 우리 집에 찾아와 그냥 회사에 남아 같이 일하자고 했는데도 남편은 한 번 먹은 마음에서 물러나지 않았다. 나는 남편과 몇 달간 실랑이하다가 젊었을 때 하고 싶은 일을 못 하면 그것도 한이 될 것 같아 남편의 뜻에 따르기로 했다.

  한동희 | 인동초 사랑

그때 친구는 나에게 말했다. "사업을 하려면 주변 사람들에게 친절한 것도 좋지만, 모든 사람이 내 맘 같지 않으니 공과 사를 분명히 해야 하고, 비난을 받더라도 제 몫은 챙길 줄 알아야 하는데, 네 남편은 그렇게 하지 못할 것 같으니 사업을 하면은 안 된다."라고 말렸다. 친구는 사업하는 자기 남편에게서 보고 느낀 사업의 기본적인 원칙 같은 것을 나에게 일러준 것 같다.

나의 남편은 처음에는 작은 공장을 얻어 몇 년간 눈코 뜰 새 없이 뛰어다니며 열심히 일했다. 그렇게 땀 흘려 일해서 마련한 3,500여 평의 대지 위에 1,000평의 공장을 세워 주식회사의 면모를 갖추었다. 그런데 대기업에 물건을 납품하려면 작은 규모의 공장 시설에서 생산하는 물량으로는 턱없이 부족하다는 것을 경험했기에 무리하게 공장을 확장한 것이 탈이었다. 중도에 동업자를 끌어들였지만 결국은 얼마 못 가 친구가 걱정한 대로 실속 없이 헛발질만 하다가 쓰러진 꼴이 되었다. 나는 '티끌 모아 태산'이라는 생각으로 살았는데 남편은 왕창 벌어 폼나게 살고 싶었던 것 같다. 이제까지 젊은 날의 꿈과 열정과 투지로 쌓아 온 공든 탑은 무너지고, 또다시 새롭게 살기 위한 몸부림을 시작해야 했다.

나의 남편은 쓰러지면 일어나기를 몇 번, 일을 벌이고 추진하는 힘은 있었지만 회사라는 조직, 특히 인사관리에는 역부족이었다. 그렇게 살려고 발버둥 치는 남편이 안쓰러웠지만, 숨 막히는 현실에서 도피하려는 듯 친구의 남편과는 달리 밖의 요정(요사스러운 정기)에 빠지기 일쑤였다.

　나는 애당초 부자 되기를 포기한 사람이다. 나는 한 푼이라도 저축하는 데 재미를 느끼고, 남편은 한 푼이라도 쓰는 데 즐거움을 느끼는 사람이어서, 나는 한평생 남편과 전쟁하며 살았다는 생각이 든다. 서로 다른 두 사람이 만나 하나가 되는 것이 부부라는데, 고착된 사고방식으로 서로 다른 삶을 향해 가는 것은 불행한 일이다.

　그동안 온갖 고난을 참고 살아온 세월이 허망하여 나는 갈 곳 모르는 낙엽처럼 허공을 맴돌곤 한다.

　"친구야! 미안하다. 네 흉을 봐서….'라고 낙엽에 적어 띄워나 볼까.

(『그린에세이』 2022. 1~2월호)

그녀

그녀는 지난해부터 내게 하루에 두세 번, 아니면 늦어도 사흘에 한 번씩 전화를 걸어왔다. 그때마다 주된 내용은 '외롭다'거나 '보고 싶다'라는 것과 언제 자기한테 올 것이냐는 재촉의 반복이었다. 그러나 지병이 있는 나는 코로나 시대의 위험을 뚫고 지방에서 사는 그녀를 향해 달려갈 용기도 없어서 혼자 사는 네가 올라오라고 미루어만 왔다. 그런데 이즈음 그녀에게서 걸려 오는 전화 회수가 늘어가고 있다. 어떤 날은 30분에 한 번씩 전화를 걸어와 나는 그녀에게 통박을 주곤 했다.

"너, 30분 전에 나한테 전화했는데 잊어버렸니? 너 치매 걸렸니?!"

"그래, 나 치매 걸렸다!"라고 하며 까르르 웃는 거였다.

사실, 나는 요즈음 그녀에게 죄를 지은 것 같아 마음이 편치 않다. 일전에 그녀에 대한 글을 써서 발표한 적이 있는데, 내 복잡한 심정을 풀어보려는 심사에서 시작된 글에 죄 없는 그녀를 끌어넣은 것을 후회하던 참이었다. 진정한 친구라면 있는 흠도 덮어주어야 하는 건데, 나와 그녀의 다른 점을 비교하며 흠도 아닌 것으로 그녀를 비하한 것이 아닌가 하는 생각에 괴로웠다. 글을 쓸 때만 해도 내가 어떻게 써도 그녀는 크게 웃으며 나를 이해해 줄 것이라고 생각했다. 그런데 막상 글이 활자화되고 보니 이러고도 내가 그녀의 45년 지기 친구라고 한 게 부끄러웠다. 책이 나오면 그녀에게 한 권 보내야겠다고 생각했는데 그러지 못했다.

나는 전화 속 그녀의 눈치를 보며 물었다.

"○○야! 나 네 이야기 쓴 것 있는데 읽어줄까?"

"그려, 그려. 어여 읽어봐."

나는 어린아이에게 동화책을 읽어주듯, 나와 그녀가 함께 지냈던 옛이야기를 조곤조곤 들려주었다. 남편 흉도 보고 같이 여행 갔다가 기분 상했던 일도 들려주니 그랬었느냐고 되묻기도 한다. 잠시 추억이 되살아난 듯, 그녀는 약간 흥분된 어조로 내게 다급히 말했다. 보고 싶다고, 언제 올 거냐고, 빨리 와야 한다고. 그녀는 마치 급하게 길 떠나는 나그네처럼 왜 전에 없던 '빨리 와야 한다.' 라는 말을 이어 붙인 것인지, 그것이 마음에 걸렸다.

그녀는 자기 이야기를 듣고 언짢아할 줄 알았는데, 오히려 기뻐하는 것 같았다. 나는 그리움이 가득 찬 그녀의 목소리를 들으니 죄지은 것 같았던 무거운 마음이 사르르 녹아내리는 것 같았다.

이제는 이런저런 이유 붙이지 말고 내가 먼저 그녀를 만나러 가야겠다고 생각했다. 그녀를 마지막 본 것도 그녀의 남편이 세상을 떠났을 때였으니 수년이 지난 것 같다. 내가 내려가면 예전처럼 고

　　　　　　　　　　　　　　　　한동희 | 인동초 사랑

속버스터미널로 마중 나오라고 하니까 그렇게 하겠다고 한다. 이야기 중에 웬 낯선 여자가 전화기를 바꿔 들었다. 자기는 이 집 아줌마를 돌보는 '영양보호사'라고 했다. 뜬금없이 영양보호사라니?.

"아줌마, 터미널에 나가면 집 찾아오시지 못해요. 치매에요. 오래됐어요."

"네?"

나는 어안이 벙벙해져 할 말을 잃었다. 그녀는 늘 외롭다고 했고, 보고 싶다고 했고, 전화를 끊을 때는 건강 조심하라는 마무리 인사까지 했다. 때 없이 전화를 자주하는 것 외에는 그녀에게서 별다른 이상 징후를 느끼지 못했다. 그녀는 교회성가대원이었고, 마루 끝에 항상 여행 가방을 놓아두고 있다가 언제라도 집을 떠나 세계를 돌아다니는 활동가였다. 이 모든 것이 중단된 것은 코로나 팬데믹 때문이라고 생각했는데 치매 때문이라니, 아니 코로나 때문에 바깥세상과 멀어진 까닭에 치매가 찾아온 것일 거다.

그녀는 왜 전에 없던 '빨리 와야 한다'라는 말을 한 것일까? 노년의 '외로움'이 가기 싫어하는 그녀를 자꾸 딴 세계로 끌고 가고 있다는 생각에 두려움이 밀려왔다. 말끝마다 외롭다는 그녀에게 '팔자 좋은 소리' 한다고 타박만 한 나는 참으로 무심한 친구였다.

다음 날 아침 일찍 그녀를 만나러 가기 위해 집을 나섰다. 아무래도 나를 알아볼 수 있을 때 그녀를 만나야 한다는 생각에 조급해졌다. 나를 보고 "아줌마 누구세요?"라고 할 때 그녀를 만난다면 후회가 될 것 같았다.

고속버스 터미널에는 그녀의 딸이 마중 나왔다. 내가 몇 분 후에 도착할 것이라는 딸의 연락을 받은 그녀가 집 앞 길가에 나와서 기다리고 있었다. 그녀가 염색하여 탈색된 뒷머리는 목을 덮었고, 다시 자란 앞머리는 백발이 되어 있다. 마치 티브이에 나오는 신세대 연예인을 연상케 하는 그녀가 웃으며 다가오지만, 왠지 내 가슴은 먹먹해진다.

"나 많이 늙었지?"

"그래. 앞머리에 염색 좀 해라!"

"당신도 많이 늙었어!"

그것도 인사라고 한마디 했다가 그녀한테 한 방 먹었다. 현관문의 비밀번호를 제대로 누르고 들어가는 걸 보며 한시름 놓았다. 치매가 온 지 오래라는데 말이나 행동은 정상인과 별다른 느낌이 들지 않았다. 다만 치매 환자의 특징이 오래전 일은 기억하고, 근간에 있었던 일은 기억하지 못한다는데, 방금 점심밥을 같이 먹고도 "너, 점심 먹었느냐?"라고 묻고 되묻기를 반복했다.

가족들이 그녀가 오래전에 치매에 걸렸다고 하는 것에 비해 증세는 미약해 보이는데, 그녀의 마음속에는 건강 문제로 인해 중년이 되도록 결혼하지 못한 아들에 대한 걱정 때문에 자신이 정신을 놓아서는 안 된다는 강한 모성 본능 의식이 자리 잡고 있다는 생각이 들었다.

컬럼비아대학 알츠하이머 연구센터장 스콜 A 스몰의 책 ≪우리는 왜 잊어야 할까≫에서 발췌한 글을 신문에서 읽은 적이 있다.

저자는 알츠하이머와 같은 '병적 망각'이 아닌 '정상적 망각'에 초점을 두었고, '망각은 정상적인 노화로, 절대 잊지 않는 두뇌는 없다'라고 했다. 인지가 형성되기 위해서는 '기억'과 균형을 이룬 '망각'이 필요하다는 것이다. 사람마다 키나 다른 특징처럼 저마다 차이가 있으며, 기억력 감퇴를 불평하지만 대다수가 정상적 망각이라고 한다. 작가는 오히려 뇌의 망각 기능이 제대로 작동하지 않아 생기는 '과잉 기억'의 폐해를 우려하고 있다. 우리에겐 잊고 싶지 않은 추억과 기억에서 말끔히 지워버리고 싶은 일도 있는데, 작가가 말하는 '기억과 망각의 균형'이란 이런 것을 말하는 것이 아닐까 하는 내 나름의 해석을 해 본다. 그녀도 병적인 망각이 아니라 정신적 노화에서 오는 정상적인 망각이라면 오죽이나 좋을까 싶어 잠시 기억과 망각에 대해서 생각해 봤다.

그녀를 만나 보고 온 지 20여 일이 지났다, 그녀는 핸드폰에 마지막으로 올라와 있는 번호를 무조건 누른다는 가족들의 전언에 내 마음은 쓸쓸해진다. 보고 싶어서 보내는 그리움의 신호가 아니라, 상대방이 누군지도 모르면서 습관적으로 누르는 무반응의 신호에 그녀의 표정은 어떻게 변할까. 그녀는 복잡한 현실을 떠나 옛일을 떠올리며 일순간의 행복에 젖어있는 것은 아닐까?

넓은 거실, 커튼으로 창문을 반쯤 가린 어둑한 공간에 우두커니 앉아 수없이 핸드폰 자판을 눌러대는 그녀의 모습이 눈앞에 어른거린다.

(『그린에세이』 2022. 7~8월호)

다시, 언니

내게는 언니 한 분이 있고, 여동생 넷이 있다. 언니는 서울 근교 부농의 집안으로 시집갔는데 시할아버지와 시할머니, 그리고 호랑이같이 무서운 홀시어머니가 계신 층층시하의 맏며느리 자리였다. 언니는 시집가기 전, 시골에 계신 어머니 대신 서울에서 공부하는 여러 형제를 돌봐주어서 우리에겐 언니가 엄마 같은 존재였다. 밤 한 톨이라도 여러 동생 입에 골고루 넣어주었던 후덕하고 순전한 언니. 밤마다 언니의 하모니카 소리를 들으며 잠들던 옛일들이 60여 년이 지난 지금도 선명히 떠오른다.

언니가 결혼하자 대여섯 명(오빠 두 명 포함)이나 건사하던 벅찬 살림을 내가 이어받아 그들의 어머니 노릇을 하게 되었다. 부탄가스도 없던 시절이어서 나무토막이나 깨진 바가지를 불쏘시개 삼아 눈물을 찔끔대며 꺼진 연탄불을 살리던 60년대 초반의 살림살이였다.

그 후 환경이 좀 더 나은 문화주택으로 이사를 했는데 시골에 있던 아래 남동생 두 명과 막내 여동생까지 올라와 식구가 늘었다.

                                한동희 | 인동초 사랑

집안일을 도와주는 여자아이가 있었지만 말이 좋아 도우미지 동생들보다도 더한 말썽꾸러기였으니 나는 직장에 다니며 집안 살림까지 돌보아야 하는 고달픈 생활이었다.

내가 결혼하게 되었다. 내가 하던 집안 살림을 잠시 할머니와 도우미 여자아이가 맡았으나 중학생이던 여동생은 토요일마다 학교 수업이 끝나면 곧장 나의 신혼집으로 왔다. 또 초등학교 1, 2학년 연년생의 두 막내 남동생도 버스를 두 번이나 갈아타면서 나를 찾아와 마음을 짠하게 했다. 그 남동생들은 우리 집 안으로 들어오지는 못하고 서로의 이름을 바꿔 부르며 내 집 앞 골목에서 뛰어다니다가 사라지곤 했다. 자기들이 누나를 찾아왔다는 신호를 보내는 것이었다. 급히 뛰어나가 보면 동생들의 모습은 보이지 않고 휑하니 빈 골목엔 쓸쓸한 적막감만이 감돌았다. 나는 시어머니의 눈치를 보며 어미의 정이 그리워 찾아온 동생들 사이에서 마음 졸이는 날이 늘어갔다.

그해 가을, 친정어머니가 시골 살림을 정리하고 서울에 올라와 정착하셨고, 나는 남편의 직장을 따라 지방으로 내려갔다. 그렇게 몇 해가 흘렀고 동생들은 성장했지만, 급할 때마다 찾아오는 곳은 여전히 우리 집이었다. 이 동생이 다녀가면 또 다른 동생의 방문이 줄을 이었는데, 형제들은 모두 앞으로의 직장 문제를 들고 왔다.

때로는 그런 동생들에게 직장을 마련해주고 부엌 달린 방을 내어주기도 했다. 한 사람을 안착시키면 또 다른 동생은 오갈 데 없다며 기르던 애완동물까지 끼고 들어와서 우리 집 안방을 내어준 일도 있었다. 사업자금이 부족하니 융통해 달라고 하는 동생도 있어 무거운 짐을 내려놓을 짬이 없었다.

친정 동생들을 최선을 다해 돌봐주면서도 나는 그들을 곁에 두고 사는 게 행복했다. 언니 시댁은 층층시하여서 애당초 친정 식구들의 왕래가 어려웠고, 형제들은 자기들의 부탁을 거절하지 않고 들어주는 나의 남편에게 많이 의지했다.

남편은 10여 년간 다니던 직장을 그만두고 사업을 하겠다고 나섰다. 남편이 직장에서 승승장구할 때와 사업이 번창했을 때는 곁에 모여들었던 형제들도 사업에 실패하고 나니 점점 멀어져 갔다. 그쯤에는 형제들도 각자 자립할 능력이 생겨 다행이었지만, 그때서야 나도 형제들의 틈바구니에서 빠져나와 숨 쉴 공간이 생긴 것 같아 차라리 후련하다는 생각도 들었다.

그런데 남편은 나이가 들고 손대는 사업이 힘들어지니 옛날이 그리워지는 모양이다. 처남 처제가 가족끼리 놀이를 갔다왔다는 소식이 들려왔다. 남편은 "한창 사업이 잘될 때 이따금 처가 형제들을 봉고차에 태우고 강원도 등을 놀러 다녔다. 이제 내가 늙고 돈이 떨어지니 우리를 외면한다."라며 서운해했다.

나 역시 "언니, 언니!" 하며 내게 와 몸을 비비던 동생들이 이제는 내게 섭섭했었다는 소리가 들려와서 기가 막히기도 했다. 더욱이 자식처럼 한 이불 속에서 끌어안고 잠재워 키운 막내 여동생에게서 받은 상처는 가슴속에 피딱지처럼 엉겨 붙어 떨어지지를 않았다.

내가 동생들에게 어떤 대가를 바라고 한 일은 아니지만, 늙고 병들어 갈수록 분노만 성해져 괴로웠다. 아무리 형제지간이라도 한 집에 살다 보면 불편하고 언짢은 소리도 할 수 있는 것이련만 그것을 마음에 담아두고 있다가 서러웠다고 통곡하는 여동생을 보면서 가슴 아프기도 했지만, 인생길 육십 줄에 들어섰으면 이 언니 생각도 좀 해달라고, 오히려 내가 통곡하고 싶은 심정이었다. 나는 내가 동생들에게 최선을 다했다 해도 동생들에게 '좋은 언니'였다는 기억은 없음에 서럽고 부끄럽고 허망했다.

아버지가 내게 말씀하셨다.

"동희야, 네가 서울 살림을 맡아주지 못한다면 서울 살림은 폐하고 네 동생들은 시골로 데리고 내려가겠다."

"형제들을 위해 그 정도의 희생도 못 하겠어요."

아버지의 부탁 말씀에 망설이지 않고 대답했던 생각이 난다. 그 당시 가족들의 생계를 위해 독일로 떠나는 간호사도 있었고 동생들의 학비에 보태려고 구로공단에 들어가는 여공들도 많았다. 그런 곳으로 보내지 않고 여러 자식(6남 6녀)을 공부시키려고 애쓰시는 아버지께 고마운 생각만 들어 아버지의 간곡한 말씀에 동의했다.

이제 와서 생각을 돌이키니 형제지간에도 적당히 틈을 두고 살아야 자립심도 생기고 좋은 것만 기억하게 되는 건데, 동에 가서 뺨 맞고 서에 가서 분풀이한다고, 나는 남편에게 끊고 맺는 게 분명치 않아 처남 처제들의 요구를 거절 못 한 것이 큰 잘못이라고 원망도 했다.

　세월이 약이라고 차츰 미움도 원망도 삭으러들 즈음, 셋째 여동생이 전화를 걸어왔다. 우리 집 가까운 곳에 사는 제 딸 곁으로 이사 왔는데, 얼마 전에 암 수술을 받았다고 했다. 지금 호수공원을 산책하며 언니 생각이 나서 전화를 걸었다는 것이다. 내가 당장 만나자고 했더니 오늘은 피곤하니 다음 날 만나자며 전화를 끊었다. 며칠 후 동생은 제부와 함께 우리 내외에게 식사대접을 하고 차를 마셨다.

　"지난날 형부한테 많이 의지하고 살았지."라며 혼잣말을 하면서 말끝을 흐렸다. 정색하고 한 말은 아니지만 짧게 한마디 한 것에 나는 마음에 위로가 되었다. "내가 다시 언니가 되는 것인가?" 이제 다시 언니가 되어 한동안 뜸했던 정을 나누어야겠다고 생각하면서도 좋은 소리보다 쓴소리만 듣는 언니라는 자리가 그리 달갑지만은 않았다.

　그런데 요즈음 나는 팔자에 없는 또 다른 여동생 한 명이 생겨서 즐겁지만 어떻게 해줘야 좋은 언니가 될 수 있을는지 걱정도 되었다. 체육관에서 알게 된 나보다 다섯 살 아래의 여인인데 "언니, 언니!" 하며 다정하게 부를 때마다 정이 드는 것 같다. 오랜만에 듣는 '언니'라는 소리가 생뚱맞게 들렸지만, 장애물에 걸려 넘어져 다친 내 무릎을 걱정해 주니 '먼데 사는 형제보다 이웃사촌이 낫다'라는 말을 실감 나게 한다.

　그런데 내가 무릎 부상으로 두 주간 쉬고, 다시 체육관에 나가보

　　　　　　　　　　　　　　　　한동희 | 인동초 사랑

니 나에게 다정하게 언니라고 부르던 그 여인은 또 다른 언니를 사귀어 딴사람이 되어 있었다. 그 여인은 자기보다 한 살만 많아도 '언니'라고 편하게 부르는 일상적인 용어인데 나한테만 '언니'라고 부르는 줄 알고 들떠 있었던 것이었다. 그 여인은 운동이 끝나고 쉼터에 앉아 새로 사귄 언니가 싸가지고 온 간식거리에 마음이 동했는지, 나에게는 합석하자는 눈길조차 보내오지 않았다. 새로 사귄 언니를 감싸고 도는 그 여인이 곱게 보이지는 않았지만, 분별없이 배척하는 순간 내 시각이 쪼그라든다는 생각에 그 여인을 경시하는 마음에 제동을 걸었다. 그 여인은 많이 외로웠던가 보다. 외로움은 누군가 만나고 싶은 상태가 충족되지 못해서 생기는 감정이고, 사회적 고립은 스트레스에 의한 염증을 유발해 혈관 내 동맥경화증을 일으킨다고 한다. 그러고 보면 그 여인이 편견 없이 여러 사람과 교류하는 것도 건강을 위한 삶의 한 방편이랄 수도 있겠다. 잠시나마 그 여인이 목전의 실용성에만 연연하는 졸렬한 인생을 산다고 생각했던 것이 미안해졌다. 어쨌거나 다시 누군가의 언니가 되려면 마음부터 정화해야 하지 않을까 싶다.

'물이 깊고 넓지 않으면 큰 배를 감당할 수 없다.'라는 장자의 가르침이 생각나는 요즘이다.

(『그린에세이』 2023. 5~6월호)

3.

행복
만들기

살고 싶어요

아침 일찍 공복 상태로 집을 나섰다. 근 보름간 눈만 감으면 잠이 오고 노곤해지는 게 아무래도 요즈음 복용하는 약의 부작용이 아닌가 싶어 혈액 검사를 해 봐야 할 것 같다. 나이 들어 면역력이 떨어지니 감기도 이기지 못하고 잇몸이 성치 못해 한동안 고생을 했다. 내가 건강해야 식구들도 돌볼 수 있겠기에 큰맘 먹고 보약을 달여 왔는데, 그것이 득이 아니라 해가 된다면 헛일이 아닌가.

병원에서 검사를 마치고 나오니 아직도 아침나절이다. 모처럼 해방된 기분으로 어디로 갈까 궁리를 하다가 이 시간에 맞춰 가기 좋은 남대문 시장으로 향했다. 어느 나라건 시장은 사람들의 바쁜 움직임에서 삶의 냄새를 맡을 수 있어 여행객들의 호기심을 자극하는 곳이기도 하다. 그래서 나도 일상이 지루하고 무미건조할 때 삶의 활력이 느껴지는 시장을 자주 찾는다.

내가 찾은 곳은 전날 밤 자정쯤에 개장하여 다음 날 오후 2시면 문을 닫는 의류 점포가 모여 있는 곳이다. 새벽 장을 보러오는 사람들은 대부분 지방에서 물건을 떼러 오는 상인들이다. 그들이 빠져나가면 그곳은 또다시 아침 장을 보러오는 가정주부들로 발 디딜 틈이 없다. 유난히 붐비는 상점 안을 서너 바퀴 돌아 옷가지 몇 점을 골라 들고 탈의실 거울 앞에 서 본다. 작년보다 한 치수가 늘어난 몸을 이리저리 돌려보며 히죽이 웃는 것은 '내 나이(72세)가 어때서'라는 유행가 가사가 생각났기 때문이다.

상가 앞 간이식당은 언제나 손님들로 붐빈다. 열무김치 비빔밥으로 허기진 배를 채우고 냉커피로 입가심한다. 백화점에 걸린 유명 메이커가 아니면 어떠랴. 서너 벌의 옷과 열무김치 비빔밥, 냉커피 한잔으로 오늘 기분은 만점이다.

전철 역사에서 에스컬레이터를 타고 내려오니 팔십이 가까운 남자 노인이 휠체어에 몸을 의지한 채 "살고 싶어요. 살려주세요!"라고 쓴 팻말을 앞에 놓고 오고 가는 사람들의 따뜻한 손길을 기다리고 있었다. 그러나 사람들은 바쁘게 걸음을 재촉할 뿐이다. 노인은 한 끼 끼니를 걱정하고 있을지도 모르는데, 나는 자꾸만 그 노인의 '살고 싶다'라는 무언의 외침에 깊은 의미를 부여하며 앞으로 걸어 나갔다. 다른 걸인들과 달리 '살고 싶다. 살려 달라'는 팻말까지 내세운 것이 예삿일 같지 않았다.

'저 노인은 왜 살고 싶은 걸까? 삶에 대한 애착 때문일까? 아니면 죽음이 두려운 걸까?' 나도 다른 사람들처럼 그냥 지나쳐 걷는데, 노인의 말 없는 절규가 일상 듣던 기도 소리처럼 간절하고 강하게 나를 잡아끌어 가던 발길을 되돌렸다.

내가 병원에 가는 것도, 여인네들이 유명 브랜드를 카피한 옷을 입고 즐거워하는 것도, 간이식당에서 낯선 사람들 틈에 끼어 허기진 배를 채우는 것도, 사람들의 온정을 기다리는 노인의 무언의 외침도 모두 살기 위한 몸짓이 아닌가. 그렇다면 나는 무엇 때문에 사는 걸까?

문득 서점 한 귀퉁이에 앉아서 읽었던 동화작가 권정생 선생의 삶이 떠오른다. 권정생 선생이 53세 때, 기자가 인터뷰 말미에 '소망'을 물었다. 잠시 생각에 잠겼던 선생이 '죽음'이라고 답했다. 선생은 그 후로도 17년을 더 살다가 70세에 돌아가셨다.

선생은 평생을 가난과 질병 속에서도 긍정적이고 따듯한 글로 사람들에게 희망을 주었다. 강아지 똥에서 자라나는 풀에서 생명의 소중함을 느끼며 하잘것없는 미물에서도 존재 가치를 느끼셨던 분이었다. 그분의 소망이었던 죽음은 편안함의 상징일까. 교회의 종지기로 살며 믿음으로 다져진 영생(生)으로의 연결고리일까?

노인들은 삶이 고단하여 '죽고 싶다'라고 말하지만 실상은 삶의 끈을 놓고 싶지는 않을 것이다. 오죽하면 '개똥밭에 굴러도 이 세상이 좋다'고 하겠는가. 더욱이 자식으로 인해 가슴 아픈 세월을 사는 사람은 순간순간 죽음을 생각하지만 혼자 떠날 수 없는 안타까움으로 몸을 움직이는 것이다. 살아갈 날이 짧아질수록 가슴에 돌덩이처럼 굳어버린 아픔이 부서져 내릴 것이라는 믿음을 붙잡고 더욱더 삶에 애절하다. 그래서 슬픈 인생에는 '살아야 할 더 많은 이유'가 있는 것이다. 어쩌면 지하철 역사 앞에서 본 노인의 소망은 '죽음'일는지도 모른다. 그러나 죽을 자유조차 없는 그 어떤 사

연이 노인에게 "살고 싶어요. 살려주세요!"라는 팻말을 들게 한 것
은 아닐까?

　노인이 왜 그렇게 절실히 살고 싶어 하는지, 내가 무엇 때문에
사는지 묻는 것도 우문(愚問)일 뿐이다.

(『창작수필』 2015. 가을호)

텃밭 이야기 1
- 어머니의 눈물

텃밭 열 평을 분양받았다. 시집오기 전 친정집 앞마당에 푸성귀를 심어 신선한 야채를 즐기던 추억이 나를 텃밭으로 불러낸다. 그러나 나이 들어 땅을 일구고 야채 모종을 옮겨 심는 일이 쉽지는 않다. 농장 주인이 텃밭에 퇴비를 섞어 네 고랑의 밭뙈기를 만들어 줬지만 다시 퇴비를 잘게 부수고 땅이 숨을 쉴 수 있도록 깊게 파서 고르게 일궈줘야 한다. 그런 다음 잡초가 자라는 것을 막기 위해 검은 비닐을 덮고 모종을 옮겨 심을 수 있도록 적당한 크기의 구멍을 내야 한다.

잘 다듬어진 텃밭에 여러 품종의 야채를 심었다. 쌈 종류만 해도 네다섯 가지, 양배추와 토마토, 고추는 매운 것과 보통의 맛, 브로콜리와 대파, 옥수수와 오이도 심었다. 토마토와 고추나무에는 지지대도 세워줘야 한다. 그래야 고춧대가 바람에 쓰러지지 않고, 토마토 줄기도 힘을 받고 높이 자라 알맹이가 많이 달린단다. 방울토마토를 심으며 손자 녀석이 신나게 따먹을 생각을 하니 나도 절로 신바람이 났다. 열 평의 땅에 이렇게 많은 작물을 재배할 수 있다니, 부자가 따로 없다. 나는 진즉 농부가 된 양 호미며 작은 쇠스랑과 화단용 부삽을 들고 흙 묻은 발로 이 작은 소도시를 누비고 다닌다.

소출한 작물을 처음으로 한마을에 사는 여고 동창에게 갖다주었다. 친구가 곁에 살다가 이사를 한다기에 내가 가꾼 상추 맛 좀 보고 가라고, 이제 겨우 아기 손바닥만 하게 자란 것들을 종류대로 뜯어다 주었다. 친구가 상추 맛이 어찌 그리 좋으냐고 흐뭇해하니, 나눠 먹는 재미가 어떤 것인지 알 것도 같다. 지난해에 집세를 아홉 달이나 밀려 속을 썩이던 사람에게도 '내가 가꾼 무공해 식품'이라고 적어 택배로 보냈더니 올해는 집세를 한 달도 밀리지 않고 보내 주어 고맙기만 하다.

어느 날 문우들을 텃밭에 불러 모아 야채를 마음껏 뜯어가라고 했다. 그들이 신나게 텃밭을 누비고 다니는 것을 보는 것도 한때의 즐거움이다. 이렇게 적은 돈을 들여 여러 사람에게 정을 나누기에는 텃밭의 야채만한 것도 없는 것 같다. 추억도 만들고 마음도 흐뭇하니 일거양득이 아닌가.

며칠 후 밭에 나가보니 다시 푸성귀가 자라 제법 밭을 풍성하게 만들어 놓았다. 다음 날이 친정 조카 결혼식이라 동생들이 모이고 딸도 올 것이기에 내가 심은 유기농 야채를 나눠줄 심산으로 부지런히 손을 놀리는데 비가 내리기 시작한다. 폐암으로 고생하는 동생의 남편에게는 더 많은 무공해 식품을 먹어야겠기에 빗발이 굵어질수록 한층 더 손놀림이 빨라졌다. 고추를 따고 상춧잎을 정신없이 솎아내다 보니 대궁 위에 잎사귀 몇 장이 남아 바람에 흔들리고 있는 것이 아닌가. 상춧잎을 솎아낸 것이 아니라 아예 사정없이 뜯어낸 꼴이 되었다. 마치 철없는 아이가 엄마 머리채를 잡고 먹을 것을 더 내어놓으라고 흔들어댄 것 같아, 나도 모르게 "엄마, 미안해!"라고 중얼거렸다. 왜 이 시점에 어머니가 생각나는 걸까?

친정어머니는 돌아가시기 전에 뇌경색으로 몸져누우셨다. 목밑샘이 마비되어 말은 못 하고. 병문안 간 나에게 움직일 수 있는 한쪽 손으로 먹을 것을 달라는 신호를 보내왔다. 그때 어머니께 영양제 한 병 걸어놓고 오지 못한 것이 평생 한이 되어 지금껏 그때의 죄책감이 나를 옥죄고 있다. 텃밭에서는 오랜 가뭄 끝에 내리는 단비에 야채들이 목을 축이는데, 나는 어찌하여 물 한 모금을 원하는 어머니를 뒤로하고 매정하게 뛰쳐나왔는지, 후회와 자책의 눈물을 흘리며 빗속에 서 있었다. 수개월간 어머니 병간호하는 사람에게 미안하여 유난스런 모습을 보이지 않으려는 나의 순간적인 잘못된 생각이 평생의 한이 되고 말았다. 어머니는 그때 얼마나 아프게 속울음을 우셨을까. 엄마도 나처럼 텃밭에 앉아 각종 야채를 길러 자식들을 먹이셨건만, 나는 어머니의 허기를 외면한 불효를 저질렀으니 죄지은 마음을 추스를 수가 없다. 아마도 살아오며 내가 지은 죄 중 가장 큰 죄가 아닌가 싶다.

내가 저세상에 가서 엄마를 만나게 되면 어떻게 용서를 구해야 할지, 엄마를 만나는 반가움보다 두려움이 앞선다. 마치 굵은 빗발이 어머니의 눈물 같아, 가슴의 옹이진 아픔을 씻어낼 수만 있다면 언제까지 빗속에 서 있고 싶었다. 한데 비는 이내 그치고 어머니는 내게 '감기 든다'라며 어서 집에 가라고 하시는 것만 같다. 어머니의 사랑은 쏟아지는 빗물에도 내리쬐는 햇살에도 섞여 내 곁을 맴도는가 보다.

"너는 내가 불쌍해서 울고, 나는 네가 불쌍해서 울고…."

생전의 어머니 목소리가 들리는 것만 같다.

비 맞은 생쥐 꼴이 되어 양손에 야채 보따리를 들고 걸어가는 내 모습을 보며 "감기 들라, 어서 집에 가거라." 하시는 어머니의 숨결이 느껴져 한결 발걸음이 가벼워졌다.

(『창작수필』 2017. 봄호)

텃밭 이야기 2

- 행복 만들기

텃밭 가꾸는 일이 버거웠을까 이듬해는 쉬었다. 그러다가 또다시 텃밭 다섯 평을 분양받았다. 열 평도 아니고 다섯 평을 얻은 건 텃밭을 해야 하나 그만두어야 하나 갈등하다가 분양받을 시기를 놓친 까닭이다.

텃밭 분양이 끝났다고 뻗대는 농장 주인에게 손바닥만 해도 좋으니 텃밭을 갖게 해 달라고 사정하여 겨우 얻은 것이 사람들의 발길이 빈번한 물탱크 앞의 비좁은 땅이다. 비록 두 고랑 남짓한 밭 떼기지만, 지난번 심었다가 새들이 알갱이를 모두 파먹어 실패한 옥수수와 단맛이 덜한 방울토마토, 받침대를 세워도 줄기가 늘어지고 엉키는 오이는 제쳐두고 여러 가지 쌈 종류의 상추와 깻잎, 열 그루의 고추나무와 실파를 심으니 그런대로 밭 모양은 갖춰진 것 같다.

두 해전 텃밭을 일구며 낯을 익힌 안노인이 비좁은 땅에 앉아 이리저리 궁둥이를 옮기는 나를 보며 '소꿉장난'을 하느냐며 묘한 웃음을 흘리면서 지나간다. 텃밭을 한다고 내놓고 말하기는 쑥스럽지만, 그래도 이 자그마한 땅뙈기에서 자란 푸성귀로 여러 사람의 입맛을 즐겁게 해줄 것을 생각하니 흐뭇하기만 하다. 그러나 해가 갈수록 호미질하는 것도 힘에 부치고 허리가 아파서 밭을 일구다 그만 땅바닥에 주저앉고 말았다. '이제 나도 흙으로 돌아갈 날이 머지않았구나.'라는 생각이 드니 퍼질러 앉은 이 좁은 밭고랑이 아늑하고 편안하여 한참을 앉아 있었다. 자연의 숨결을 피부로 느끼며 또 다른 세계를 꿈꿔보는 행복한 순간이기도 하다. '인간에게 많은 땅이 필요한가'라고 갈파한 톨스토이의 말처럼 내가 눕기에는 다섯 평도 넓은 것만 같다.

내가 다른 곳은 마다하고 굳이 이 농장에 연연하는 것은 집에서 가깝고, 오고 가며 쉴 수 있는 공원이 중간 지점에 있기 때문이다. 텃밭에서 흙과 씨름하다가 집으로 가는 길에 공원에 앉아 하늘에 떠가는 구름에게 말 걸다 보면 하루해가 잠깐이다. "오늘 소득이 괜찮은걸!" 해 질 녘 소출한 작물을 한 보따리 들고 흥얼거리며 농부의 흐뭇한 심정이 되어 집으로 향해 간다.

어느 날은 가는 길에 중학교 앞에서 설탕을 재료로 하여 여러 가지 문양을 만들어 또뽑기 장사를 하는 아낙네에게 "내가 기른 무공해 식품이니 먹어봐요."라며 꾹꾹 눌러 담은 상추 보따리를 건네주었다. 뽑기 장사는 처음 보는 사람에게 그냥 받을 수는 없다며, 나에게 천 원이라도 받으라고 한다. 나는 어릴 적 또뽑기 하던 추억이 떠올라 미안해하는 아낙네에게서 둥그런 설탕 과자 하나를 받아 들었다. 그리곤 거기에 그려진 그림을 따라 잘라 먹으려고 했지만 잘되지 않는다. 잠시 어린아이처럼 또뽑기 놀이를 하다가 다시 단골 미용실에 들러 상추 한 끼 양을 건네주며 내가 기른 무공해 식품이니 맛 좀 보라며 자랑도 한다.

내가 손바닥만 한 텃밭이라도 원하는 것은 기다림을 만들기 위해서다. 뜨거운 땡볕에 목이 타는 텃밭의 식구들이 내가 물 주러 오기를 기다리고 있다는 생각에 몸을 움직이게 되고, 내가 기른 상추를 먹으며 이렇게 빳빳하고 쌉싸름한 상추는 마트에도 없다는 사람들에게 정을 날라주기 위해서다. 텃밭에 감귤 농장 하는 사람에게서 얻은 영양제를 두어 번 내려주기는 했지만, 그 맛이 독특한 것은 땅이 기름진 까닭일 터이다. 농장주는 땅이 숨을 쉴 수 있도록 수없이 갈아엎어 비옥한 땅을 만들기까지 많은 땀을 흘렸을 게 아닌가. 내가 이 농장을 선호하는 것은 그런 믿음 때문이기도 하다. 칭찬에는 고래도 춤을 춘다는데, 다른 데서 재배한 것보다 내가 보내 준 상추가 더 맛이 있다니 어찌 주는 마음이 기쁘지 않겠는가.

칭찬받을 일은 자기도 모르게 일상화돼야 오래 간다고 한다. 나처럼 칭찬받기 위해 칭찬받을 일을 한다는 것은 금방 무덤덤해진다는데, 어쨌거나 잠시라도 행복해지기 위해 칭찬받을 일을 궁리하는 것도 좋은 일이라고 생각한다. 이렇게라도 작은 행복을 만들려고 하는 것은 젊음에서 오는 열정에서가 아니라 늙음에서 오는 적적함을 메꾸기 위해서이기도 하다.

상춧잎을 정신없이 뜯다 보니 아무리 말 못 하는 식물이지만 미안한 생각이 든다. 드물게 남은 상춧잎은 바람에 흔들리며 "우리 주인은 인정머리도 없다"라고 나에게 삿대질하는 것만 같다. 그러나 며칠만 지나면 텃밭을 풍성하게 해주는 땅의 기운이 놀랍고 하늘이 내려주는 햇볕이 감사할 뿐이다.

오늘도 쥐가 나는 다리를 뻗고 앉아 풀을 뽑는다. 무엇 때문에 고생을 사서 하는지 한심한 노릇이지만 흙과 씨름하다 보니 농사짓는 사람들의 피땀 어린 노고에 감사할 줄 알게 되고, 작은 땅뙈기에서 소출한 농작물로 여러 사람과 따듯한 정을 나눌 수 있다는 게 흐뭇하다. 또한 인간에게 그다지 많은 땅이 필요치 않다는 것을 느끼게 되니 욕심을 덜어낼 수도 있고, 욕심을 덜어낸 자리를 '감사'로 채울 수 있다는 것이 소득이라면 소득이랄 수 있겠다.

그나저나 내년에도 내 몸이 이 일을 허락할는지 모르겠다.

(『한국작가』 2017. 봄호)

텃밭 이야기 3

- 신분 상승

두 해 전이었다. 텃밭을 하며 잡초를 뽑는데 '쇠비름'도 섞여 있었다. 곁에서 보고 있던 사람이 쇠비름이 관절에 좋다고 귀띔해 주었다. 그 말을 듣고 한 보따리를 뜯어 설탕에 재어놓고 두 해를 묵혀 두었다. 그러나 의학적으로 검증된 바도 없어 무심했는데 인터넷에서 우연히 그 약효에 관한 기사를 보게 되었다.

그야말로 만병통치약인 듯했다. 특히 기관지 천식에 효과를 봤다는 어느 체험자의 말에 솔깃하여 기관지 확장증으로 고생하는 아들에게 먹여 보았다. 한 달 정도 복용하니 기침과 가래가 뜸해지는 것 같았다. 그동안 병원 진료를 수없이 받았지만 기관지 확장으로 인한 기침과 가래는 차도가 없어 어미의 애를 태웠다. 쇠비름을 일 년은 발효시켜야 제대로 약효를 볼 수 있을 텐데, 내 마음이 조급해졌다. 그러나 발효가 잘되었다 해도 설탕이 다량으로 들어갔으니 당뇨 있는 사람에게 독이 되지는 않을지 조심스럽다.

여름이 제철이라는 쇠비름을 민들레가 꽃망울을 터뜨리는 봄부터 찾아다녔다. 요즈음엔 꽃도 철 따라 피고 지는 것이 아니건만,

쇠비름은 자연의 순리에 순응하며 싹을 틔울 차례를 기다리고 있으니 그 이치에 고개가 숙어진다. 그러나 쇠비름이 온상재배가 필요할 만큼 사람들에게 대우받지 못하는 잡초인 까닭인 것도 같다.

나는 올해도 쇠비름을 구하기 위해 뒤늦게 텃밭 분양을 받았다. 이곳저곳 남의 밭을 기웃대지 말고 내가 분양받은 농장 안에서 쇠비름을 뜯을 심산이었다. 그러나 여름이 되고 텃밭의 야채가 무성해져도 농장 주변에서 쇠비름은 찾아보기 힘들었다. 몇 해 전만 해도 그리 무성했던 쇠비름이 자취를 감추다니 의아스러웠다. 나중에 안 일이지만 농장주가 오백여 평이 됨직한 땅 주변에 제초제를 뿌려 잡초가 자라지 못 하게 해 놨던 것이었다.

나는 할 수 없이 근처의 텃밭을 기웃거릴 수밖에 없게 되었다. 작정하고 집주변의 텃밭 순례에 나섰다. 텃밭 주인들이 쇠비름을 뜯어 버린 것이 여기저기 널려있어 안타까웠다. 쇠비름도 야채가 귀하던 시절에는 나물거리로 쓰였다는데 언제부터인가 쇠비름은 잡초 신세가 되어버린 것이다. 그러나 쇠비름은 버림을 받으면서 또다시 강한 생명력으로 돋아나 텃밭 주인을 성가시게 한다. 기름진 땅에는 수없이 많은 쇠비름이 둥그런 쟁반처럼 넓게 퍼져있어 나를 기쁘게 했다. 밭 끝머리 도랑 변 풀숲에 군락을 이룬 쇠비름을 발견했을 때의 감동을 무엇에 비하겠는가. 어른 허리 가까이 자란 풀숲에 쪼그리고 앉아 쇠비름을 뜯으니, 마치 술래잡기하던 어린 시절이 떠오른다. 텃밭 옆 빌라에서 새어 나오는 아이들의 웃음소리가 나를 한결 어린 시절로 이끌어간다.

“꼭꼭 숨어라 머리카락 보일라!”

그렇지만 이건 어릴 적 친구들과 술래잡기하고 참외 서리하던 때와는 또 다른 두근거림이었다. 비록 밭 주인에게는 귀찮은 잡초에 불과하지만 주인의 허락도 없이 남의 밭에 발을 들여놓는 순간, 나는 현행범이라는 생각에 가슴이 콩닥거렸다. 그러나 아들아이에게 약초가 될지도 모를 쇠비름을 포기할 수는 없었다. 나는 텃밭 주인에게 들킬까 봐 머리를 푹 숙이고 부지런히 쇠비름을 뿌리째 뽑아 비닐봉지에 쑤셔 넣었다. 밭 주인에게는 잡초에 불과한 것을 손안에 넣은 것이지만 밭의 경계선을 나와서야 마음이 놓였다. 그러나 한편 잡초 취급을 받는 쇠비름을 뽑아주어 밭 주인의 수고를 덜어줬는데, 품삯은 받지 못할망정 오히려 농작물 도둑으로 오해받을 수도 있겠다는 생각에 억울한 마음도 들었다. 그건 쇠비름을 뜯으며 몇 차례 밭 주인의 심상치 않은 눈총을 받았던 때문이다.

어느 날이었다. 그날도 밭 몇 고랑을 순회하고 옆으로 돌아서는데 눈앞에 20여 센티쯤 자란 쇠비름이 두 고랑의 밭뙈기에 군락을 이루고 있는 것이 아닌가. 물오른 쇠비름이 소담스럽게 서로를 품어 안고 있었다. 이건 밭고랑에서 잡초 취급을 받으며 제멋대로 퍼져있는 쇠비름이 아니라 밭 주인이 작심하고 정성껏 기른 것이 분명해 보였다. 내가 감히 손댈 수 없는 물건이라 생각되어 그 소담스러운 정경을 바라보고 있는데, 등 뒤 밭둑에서 날카로운 여자의 목소리가 들려왔다.

“아줌마! 거기서 뭐 하고 있는 거예요?”

“나. 이거 건드리지도 않았어요. 와서 보세요”

나는 겁에 질려 변명 아닌 변명을 했다. 그 여자는 밭 주인에게 전화해 줘야겠다며 핸드폰을 두드리는 것이었다. 며칠 후 그 옆을 지나다 보니 쇠비름이 자라던 밭에는 다른 작물이 심겨 있었다. 아마도 나로 인해 더 자랄 수 있는 약초를 거둬들인 것 같아 괜스레 미안해졌다. 밭 주인이 쇠비름을 밭뙈기로 심은 것을 보니 쇠비름이 잡초가 아니라 약초라는 것에 믿음이 간다. 그러나 사람의 손길에 의해 곱게 자란 쇠비름보다 밟고 밟아도 죽지 않는 잡초처럼 강하게 자란 쇠비름이 약효는 더 할 것 같다. 그야말로 자연산이 아닌가. 온상재배로 자란 과일보다는 자연의 순리에 따라 제철에 나오는 과일의 맛과 향이 깊듯이….

이 세상에는 쇠비름처럼 약효(재능)을 인정받지 못하고 그늘에 가려 고군분투하는 사람도 많을 것이다. 그러나 잡초가 약초가 되듯, 언제고 그 진가는 가려질 것이 아니겠는가.

내년에는 쇠비름이 신분 상승을 하여 제대로 대접을 받을 것 같다. 쇠비름을 뜯으며, 이 세상에 존재하는 모든 것에 의미가 있다는 것을 다시금 느끼게 된다. 잡초라고 함부로 대할 일이 아니다.

(『자유문학』 2016. 가을호)

모촌 선생의 삶과 문학

일전에 남도 지방의 수필인 모임에 다녀왔다. 수필 인구가 늘어나고 있으나 제대로 된 정신을 가지고 글을 쓰는 사람은 드물다고 생각되어, 나의 이야기를 통해 올곧은 선비정신을 지니고 글을 썼던 모(牟) 촌(邨) 선생의 삶과 문학을 조명해 보는 시간을 갖고 싶었다고 한다. 다른 사람들보다 비교적 오랜 세월을 모촌 선생 곁에서 가르침을 받아왔기에 나를 지목한 것이겠으나 잘못 전하여 선생께 누가 되지나 않을까 염려스러웠다. 그러나 선생님은 자명하게 '글과 사람이 같아야 한다'라는 신념을 지키신 분이기에 자랑스러웠다.

그 모임의 사람들은 글보다는 정신과 생활 태도가 바른 사람을 좋아하고, 시류에 따라 흔들리고 어떤 아류에 빠져서 글을 쓰는 사람들을 멀리한다는 느낌을 받았다. 어느 시대가 되든 수필은 인격적 삶의 실체(實諦)이고, 그것을 수필의 본질이라고 믿고 글을 쓰셨던 모촌 선생의 수필 세계와 올곧은 선비정신을 본받고 싶어 하는 사람들이 있다는 것이 반갑고 고마웠다.

모촌 선생은 젊었을 때부터 문필 활동에 종사하여 각종 정기간행물에 글을 발표했지만, 심기일전하여 56세에 한국일보 신춘문예에 〈오음실 주인〉이 당선되어 문단 활동을 시작하였다. 청장년 시기의 문필 활동을 통해 문장 실력을 다져왔던 터였으므로 수필 동호인들의 큰 관심을 받았다. 〈오음실 주인〉은 아내에 대한 사랑을 그린 것으로, 가족애가 남달리 깊었다.

선생 초기의 작품은 고향인 연천 고랑포에 남아 대대의 조상 묘소를 지키겠다는 자당에 대한 글이 많았다. 남으로 내려오는 아들을 전송하던 자당을 자책과 체념으로 추모하면서, 군사분계선 북쪽으로 들어간 고향과 고향에 두고 온 어머니를 착잡한 심정으로 그리워하는 글이 주종을 이뤄 '향수의 문학'이라 해도 지나치지 않다.

선생은 겸허하여 스스로를 낮추고 자신을 비웃는 일도 서슴지 않았지만, 결코 인생의 낙제생은 아니었다. 선생은 사회를 헤아리는 눈이 엄정하고 예리하여 수필을 쓰는 태도도 근엄하였다. '아무에게라도 말하지 않고서는 그대로 지나쳐버릴 수 없는 것들을 쓰고 싶다' 하여 글에는 예리한 비판의식이 깔려 있다.

후진들이 본받고 싶어 하는 선생의 선비정신이 무엇인가를, 모촌 선생의 마지막 수필집 《촌모씨의 하루》에 수필가 김시헌 선생이 쓴 문집 간행 축하 글에서 일부를 옮겨본다.

"어떤 평자는, 모촌을 현대에 남은 마지막 선비라고 표현하였다.

처음에는 그 말에 이해가 가지 않았다. 그런데 모촌과 여러 해 접촉하면서 동의가 깊게 갔다. 사람들은 쉽게 선비정신을 이야기한다. 하지만 선비정신은 지식이나 문장이 아니고 인격과 행동과 비평 정신이다. 애정을 가진 비평 정신이 역사를 지킬 때 선비정신이 된다.

모촌은 80이 넘은 고령에 이르렀다. 최근에 발표되고 있는 상당한 양의 글이 이 정신의 표현임을 나는 체감한다. 문학 이전에 있어야 하는 것, 그것이 무엇이랴?"

이제 모촌 선생이 세상을 떠나신 지도 10년이 넘었다. 선생은 말년에 비평적 수필을 많이 쓰셨는데, 그중에 '수필인의 격(格)'이라는 글이 있다. 이 글은 염치도 예양도 없는 작금의 수필 문단의 모습이기에 수필인들은 깊이 새겨들어야 할 것 같다. 지금 많은 수필론과 좋은 수필이 지니는 품격에 대해서 상당한 안목을 지니게 되었지만, 수필을 쓰는 사람의 격에 대해서 말한 사람은 없어 안타까워하셨다. 그것은 개인의 인격을 허는 일이 되어 꺼려왔기 때문인데, 이러한 풍토가 방관만 해서는 아니 될 지경에 와 있어 본인을 위해서나 후진을 위해서 간과할 수가 없다는 점에서 이해하기를 바란다며 수필인의 낮은 격에 대해 세 가지의 사례(과공은 비례–아첨, 오만, 무치한 자존망대自尊妄大, 제 자랑과 문학비)를 들어 글을 쓰셨다.

평소 곁에서 지켜본 선생의 삶은 청빈(清貧) 그대로였다. 남에게

폐 끼치는 것을 경계하였고, 문학을 신앙처럼 생각하셨다. 가난과 병약을 무릅쓰면서 몇 차례 일터를 헌신처럼 던져버린 기골(氣骨)이었다고 전해 오기도 한다. 시인이며 수필가인 허세욱 선생은 모촌 선생을 가리켜 "백 년 전 이 땅에 태어났다면 그도 어쩌면 남산에 살 것이요, 나막신을 신고 딸깍발이의 별명으로 고집부리는 샌님이었을 것이다. 모촌이 천육백 년 전 중국의 진(晉)나라에 태어났다면 그도 어쩌면 쥐꼬리만 한 봉록의 벼슬을 내동댕이치고 가난과 강직을 지조처럼 지키는 도잠(陶潛) 같은 꼬장꼬장한 선비였을 것이다."라고 평했다.

여러 사람이 모촌 선생을 가리켜 '좀처럼 굽히지 않는 의기와 인격과 행동과 비평 정신을 가졌다.'고 칭송했지만, 요즘처럼 흙탕물에 들어가 노는 것을 즐기는 사람이 많은 세상에 그 칭송은 오히려 시대착오적 발상이라는 비웃음거리가 되지는 않을까 내심 염려했었다. 그러나 이번 남도 지방의 수필인들이 모촌 선생에 대한 흠모의 정을 내비치어 신선한 충격을 받았다. 그들도 세속의 물결에 흔들려 몹시 멀미가 나는가 보다.

(『국제펜문학』 132호)

열정과 끈기의 만년 청년

- 오창익 선생을 말한다

얼마 전 말씀 끝에 "나도 팔십인데…."라고 하셨다. 문학에 대한 열정과 끈기와 흐트러짐 없는 모습에서 만년 청년으로 인각되었던 오창익 선생님. '나도 팔십'이라고 담담하게 말씀하셨지만 나는 울먹했다. 아무리 세월이 흐른다 해도 선생님은 70대 중반쯤에 머물러 계신 것만으로 생각되었다. 선생님의 편안한 음성을 들으며, 세월의 무상함은 어쩔 수 없지만 받아들이기에 따라 다를 수도 있겠다는 생각이 들었다. 선생님은 이제 100세 시대가 되었으니, 팔십은 지난날을 정리하고 미래를 계획하는 새로운 분기점으로 생각하시는 것은 아니었을까. 그간에 수필 문단에 이루어 놓으신 문학적인 업적과 혈혈단신 월남하여 대가족을 이룬 가정적인 면모를 떠올리며, 선생님은 내실 있게 알찬 삶을 사신 분이라는 생각을 하게 된다.

오창익 선생님과의 인연은 나의 문단 초기 때부터였으니 어언 30년이 되어간다. 문학의 목마름에 몇몇 동료 문인들과 그룹을 만들어 오창익 선생님의 수필문학 강의를 들은 적이 있다. 선생님의 열정은 작품에서 뿐만이 아니라 강의하실 때의 끊고 맺는말의 톤에서도 젊은이의 명료한 기(氣)가 느껴졌다.(그때 선생님은 50대 초반쯤 되지 않았을까 싶다.)

그 얼마 후 선생님은 『창작수필』을 창간하셨다. 1991년 나는 수년간 원고 교정에 힘을 보태드렸고, 선생님은 '창작수필문인회' 행사 때마다 나에게 진행을 맡기어 부족한 사람을 채워주고 빛나게 해 주셨다. 그때는 참으로 부끄러웠지만 나에게 자신감을 심어주고 버팀목이 되어주시니 감사할 뿐이었다.

선생님은 오랜 세월이 지난 오늘날에도 문단의 연륜으로 보아 윗자리에 오를 만하다 하여 나에 대한 존중과 배려를 아끼지 않으셨다. 작품 배열에서부터 문인회 행사 때는 내 자리를 마련해 놓을 테니 꼭 참석하라는 전갈도 잊지 않으셨다. 그런가 하면 신문이나 잡지에 실린 내 글을 보시고 반가워 전화했다고, 관심을 보내 주시니 새삼 그 사랑에 용기와 따듯함을 느끼지 않을 수 없었다. 이러한 나에 대한 변함없는 관심과 배려는 가족과 같은 사랑의 끈으로 이어져 오고 있다. 이렇게 선생님은 하나를 얻으면 열 개를 얹어주시는 의리와 깔끔함으로 인간관계를 돈독히 해나가는 분이시다. 또한 솔직 담백한 성격은 잘 정제된 소금 같다고나 할까.

그간에 내가 보아온 오창익 선생님은 인연과 의리를 소중히 여기고 상대방을 존중하는 도리의 길을 걸어온 분으로, 선생님에 대한 신뢰감이 견고해질 수밖에 없다.

선생님은 소설로 문단에 나오셨지만 한국일보 신춘문예를 통해 수필로 재등단하셨다. 본인도 모르게 사모님이 응모한 〈해바라기〉가 당선되어 수필과 인연을 맺게 되었고, 수필로 문학박사 학위를 받을 만큼 소설보다는 수필에 더한 매력을 느끼셨던 것 같다.

인간의 본질을 진솔하게 표현하는 수필은 충분히 대접받을 가치와 존엄성을 지니고 있다. 한국수필은 한문 시대로부터 시작되었지만 1919년 한국 최초의 문예지 『창조(創造)』에 비로소 일기문이 실린 것으로 보아 수필에 대한 인식을 짐작할 수 있다. 이에 앞서 일본에서는 1916년에 몽테뉴의 ≪수상록≫을 바탕으로 수필의 본질에 대한 논쟁이 일었지만, 한국 문단에서의 수필에 대한 인식은 여전히 가볍기만 했다.

오창익 선생님이 『창작수필』을 창간하신 것은 문단에서 바라보는 수필문학 폄훼에서 비롯된 것이 아닌가 생각된다. 그것은 허명(虛名)을 좇지 않고 보다 심층적으로 수필 문학에 전념하겠다는 의지였다고 짐작된다. 창작수필을 창간하며 제대로 된 수필가 300명 정도 배출해 놓고 가시겠다고 하셨는데, 이는 수필을 시, 소설, 희곡과 같은 문예물로 정립시키겠다는 의지와 다짐이 아니었을까.

이제 『창작수필』의 역사도 20년이 훌쩍 넘었다. 그간 선생님은 수필 문학의 발전을 위해 이론과 실천을 거듭하며 열정과 끈기로 내실을 다져 오셨다. 이렇게 길러낸 제자들이 문단 이곳저곳을 넘나들며 활동하는 것을 반기지 않으셨는데, 이는 설익은 글을 내보이지는 않을까 하는 염려에서였다고 본다. 그러나 이제는 선생님의 제자들이 영역을 넓혀 국내는 물론 세계 어느 곳에서나 작품으로 인정받는 '수필문학가'가 되기를 바란다.

선생님의 수필 문학에 대한 긍지와 애정은 은근하고 뜨겁다. 선생님은 수필가들에게 처음으로 '수필문학가'라는 호칭을 달아주셨는데, 이는 수필도 당당히 문학의 반열에 올라섰다는 자존심과 수필가들의 사기를 높여주고 글쓰기에 충실하라는 격려의 뜻이라고 생각된다.

그동안 선생님은 수필과 함께 사셨고, 앞으로도 '수필 인생'은 계속될 것이다. 창고 안의 그득한 낱알을 보듯 흐뭇한 마음으로 선생님의 팔순을 진심으로 축하드린다.

(오창익 교수님의 여든 살 기념문집 ≪내 잔이 넘치나이다≫ 중)

*오창익 교수님은 2025년 9월 18일 91세로 소천하셨음.

돌아가실 때까지 500명의 제자를 배출하셨음.

추억 속의 연가

- 조경희 선생님 추모 20주기에 부처

나이 어린아이가 어른에게 물었다.

"사람은 언제 죽나요?"

"사람은 기억에서 사라지면 죽는 것이다. 그래서 사람은 아름다운 추억을 많이 만들어야 한다."

청빈의 도와 맑고 향기로운 삶을 살다 간 어느 스님의 말씀인지, 아니면 어느 지혜로운 인디언의 명언인지는 모르겠지만 책갈피에 끼워둔 메모지에 적힌 글을 보는 순간, 추억 속의 연가를 부르는 휘파람 소리가 가슴속에서 울려 나왔다.

조경희 회장님이 하늘나라로 가신 지 올해로 20년이 된다. 선생님이 떠나신 것이 어느 사이 그리됐나 하면서도 아직도 살아계신 듯 내 주위를 맴도는 것은 무슨 연유에서일까. 조경희 선생님은 1971년, 척박한 이 땅에 '한국수필가협회'라는 묘목을 심어 오늘날처럼 번성할 수 있는 수필 문단의 기둥이 되어 주셨다. 누군가는 높이 솟은 나무가 되어 넓은 잎으로 그늘을 만들어 주는가 하면, 누군가는 산속의 야생화가 되어 모처럼 찾아온 손님들에게 자신이 엮어가는 삶의 여정을 도란도란 이야기해 주기도 한다. 선생님은 이렇게 지형을 넓혀가며 자라는 후배들의 모습이 대견하다는 듯, 문단의 웃어른들이 모인 자리에 가면 우리를 '내 새끼들'이라고 자랑하며 흐뭇해하셨다. 그런데 그동안 여러 선생님의 사랑을 받으면서 자라온 내 모양은 어떤 나무에 비유될 수 있을까. 내가 살기 위해 다른 나무에게 독을 풍기는 나무도 있다는데 나도 모르게 그렇게 볼썽사나운 나무로 자라지는 않았는지 되돌아보게 된다. 수필은 자기의 삶을 꾸밈없이 진솔하게 써나가는 고백의 문학인데. 추상적인 아름다움으로 나를 포장하지 않았는지 걱정스럽기도 하다.

조경희 회장님은 지인지감으로 단체를 이끌어 가신 지도자였다. 소속된 단체를 고루 돌보기도 했지만, 개인적인 인간미에 감흥을 받은 사람도 많으리라 생각된다. 조경희 회장님의 수필에 대한 강한 의지와 사랑을 말로만 듣던 후배들에게 문학관을 찾아 그분의 발자취를 돌아보게 하고, 웃음과 고뇌의 인생사를 무대에 올려 수필 문단의 밑거름이 되어주신 공로와 사랑을 상기시켜주는 후배 회원들의 노고에 감사의 마음을 보낸다. 이렇게 조경희 회장님의 발자취를 잊지 않고 그리워하며 추모하는 행렬이 이어지기에 선생님은 지금도 우리의 곁에서 삶을 이어가고 있다고 확신하게 된다.

내게는 선생님의 또 다른 일면에 감동한 일들이 훈장처럼 따라붙어 선생님을 되뇌어 보게 된다. 내게도 조경희 회장님과 연관된 에피소드가 몇 점 있지만, 그중에서도 가장 인상에 남는 추억을

‘사랑의 연가’로 불러본다.

조경희 회장님이 소천하시기 몇 해 전쯤이었다. 선생님은 나와 같이 갈 곳이 있으니 수필가협회 사무실로 나오라고 하셨다. 나는 대충 가야 할 곳을 눈치 잡아 ‘소족’ 하나를 싸들고 사무실로 나갔다. 선생님은 나를 데리고 강화마을에 갔는데, 우리가 방문한 집에는 십여 명의 여자 노인들이 모여 생활하고 있었다. 짐작하건대 선생님은 병들고 갈 곳 없는 노인들을 돌보아주는 기관에 소리 없이 돌봄의 손길을 보내시는 것 같았다.

돌아오는 길에는 일산에 살고 계신 수필가 윤모촌 선생님을 찾아뵙고 병고에 시달리는 동료 문인을 위로하시는 모습에서 넓은 도량과 깊은 사랑의 현명한 지도자이심에 감동하였다.

또 어느 날에도 나에게 사무실로 나오라 하시더니 사무실의 책상 서랍을 열고 평소에 즐겨 쓰시던 노란 꽃무늬가 그려진 결이 부드러운 스카프(머플러)를 꺼내어 내 등을 감싸주며 말씀하셨다.

“공부는 죽을 때까지 해야 한다.”

그 말씀을 듣는 순간, 나의 부족한 학문과 지식에 일침을 가하시는구나 싶어 민망하고 부끄러워 낯이 뜨겁기도 했었다. 선생님이 세상을 떠나신 후에도 그 말씀은 마치 나에게 주신 유언처럼 귓가를 맴돌고 있었는데, 그 말씀은 “좋은 수필을 쓰려면 죽을 때까지 인간 공부를 해야 한다.”라는 뜻으로 재해석되어 나의 뇌를 자극하고 있다.

지금 즐거웠던 시절 이야기를 하다 보니 그 시절로 돌아간 것처럼 활기찬 기운이 느껴지기도 한다. 연말연시 행사 때면 분위기를 살리기 위해 누구보다 먼저 무대에 올라가 몸 운동을 시작하시던 선생님. "한동희! 빨리 나와!"라고 큰소리로 나를 무대 위로 끌어 올리던 선생님의 목소리가 들리는 것만 같다.

지금 선생님은 하늘나라에 계시지만 지상에서 '조경희 회장님!'을 외쳐 부르는 후배들의 떼창 소리를 듣고 계실 것이다. 우리가 선생님을 잊지 않고 있으니, 선생님은 살아계신 것이다. 누군가가 나를 잊지 않고 있다면 나는 죽은 것이 아니다.

(『한국수필』 2025. 8월호)

우리들의 찬란한 시절

유희남 선생!

오랜만에 당신의 이름을 불러봅니다. 선생이 이 세상을 떠난 지 25년. 십 년이면 강산도 변한다는 세월이 두 번 하고도 반 세월이 더 흘러갔군요. 이제 나도 한여름 더위에도 발이 시린 나이에 이르렀습니다.

지금 시각은 새벽 1시 30분. 한잠 자고 깨어나 몸을 뒤척이다가 다시 잠을 청해보지만, 전날 묵은 앨범 속에 담겨 있는 선생님과의 추억을 찾아다닌 여운이 잠을 쫓아낸 것 같습니다. 추억의 사진 속에는 우리들의 '찬란한 시절'이 웃고 있었습니다. 우리는 글로 맺어진 인연들. 전국에 흩어져 있는 문인들이 소풍 가듯 기다리던 문학 세미나에 모여 문정(文情)을 나누며 담소하고 웃음 짓는 모습들이 어제의 일인 듯 생생합니다. K방송국을 견학 갔을 때의 기념사진에 선생님 모습도 보이는군요. 그때 낯익은 연예인들을 보며 다소 들떠있는 후배들에게 "문인으로서의 자존심을 지키며 예의 있게 조용히 견학해요."라고 하던 말씀이 생각나는군요. 예술 중에서도 문학은 가장 윗자리에 있다는 점을 상기시킨, 작가로서 자존심과 강한 긍지가 표출된 것이었습니다.

오늘 밤 숙면은 아예 유예된 듯합니다. 보름달의 환한 빛이 침실로 스며들어 나를 밖으로 유인합니다. 하늘 먼 곳에서 손짓하던 달님이 오늘따라 가까이 다가와 하늘나라의 전설을 말해줍니다. 선생님이 있는 곳은 질병도 원망도 없는 평화스런 낙원이겠지요? 선생님이 즐겨 부르던 〈칠갑산〉 노랫소리가 들려오는 듯합니다. "콩밭 매는 아낙네야/ 베적삼이 흠뻑 젖는다/ 무슨 설움 그리 많아 포기마다 눈물 심누나…." 젊은 나이에 가슴 가득 설움 안고 먼 세상으로 떠난 선생님이 지금은 죽음이 없고 생명나무(生命樹)만이 자라는 곳에서 세상사 내려놓고 환히 웃고 있는 것만 같습니다. 선생님 생전에 정성 어린 사랑을 보내지도 못했는데, 선생님이 남기고 가신 사랑의 수첩에 내 이름이 적혀 있다니 고맙고 염치없다는 생각이 듭니다. 그렇지만 이렇게 선생님과 어울려 다녔던 그 시절로 돌아가 잠시 영혼의 대화를 나눌 수 있는 각별한 시간이 소중하게 느껴집니다.

선생님은 이 세상에 있을 때 한시라도 시간을 허투루 쓰지 않고 하루하루 바쁘고 긴장된 나날을 보내시는 것 같았습니다. 문우 몇 몇이 모이는 개인적인 만남에서도 느긋하게 시간을 보내지 못하고 빨리 집에 가야 한다며 서두르곤 했지요. 언젠가 시내에서 떨어져 외곽에 사는 문우를 만나고 돌아오는 길이었습니다. 선생님은 어둠이 깔린 동부간선도로를 어찌 빠른 속도로 달리는지 옆에 앉은 내가 조마조마했던 기억이 납니다. 선생님은 짜인 룰 속의 교사 생활과 가정을 오가는 바쁜 일상을 유지하기에도 힘든 체력인 것 같은데, 가슴속에는 불덩이 같은 열정이 활화산처럼 타오르고 있는 것 같았습니다. 한 번은 출근길에 붉은 신호등이 들어와 가던 길을 멈추고 운전대 앞의 거울을 들여다보며 아연실색하셨다지요. 한쪽 눈만 화장하고 출근하는 자신의 얼굴을 보고 얼마나 난감했을까요?

나는 다른 사람들처럼 평범한 삶을 살아야 편안하고 안심이 되는데, 선생님은 정해진 틀에 갇혀 생활하는 게 마뜩잖았던가 봅니다. 나는 천천히 노 저으며 바다 위를 유람하고 있는데, 선생님은 파도를 타는 서퍼처럼 거센 물결을 가르며 무언가를 향해 달려가는 것 같았습니다. 선생님이 세상의 부추김에서 떨어져 나와 조금 느린 템포로 걸어갔다면 그리 기진하지는 않았을 거라는 안타까움이 일곤 합니다.

어느 겨울날, 산중의 절간에 7일간 들어가 일곱 편의 수필을 퇴고하셨다지요? 세속을 벗어나 눈 내리는 고요한 산사(山寺)에서 묻어둔 삶의 흔적을 찾아 명상하는 선생님의 모습을 그려봅니다. 선생님의 가슴에는 냉정과 열정이 순환하고 있었겠지요. 언젠가는 나도 그리해보리라 다짐하면서도 어려운 환경을 극복하며 앞으로 나아갈 용기와 기량이 부족한 나로서는 정해진 울안에서 서성이며 안정된 삶에 만족하고 있었던 것 같습니다. 그러나 세상에 변화 없는 안정적인 삶은 없는 것 같습니다.

 한동희 | 인동초 사랑

선생님이 떠나신 후에도 세상은 쉬지 않고 변하고 있습니다. 우리는 아날로그 시대에서 꿈을 키웠고, 컴퓨터와 인터넷의 산업혁명에 열광하였지만, 어느 사이 인공지능에게 교육을 받는 AI시대로 접어들었습니다. 인공지능의 출현으로 많은 직업이 사라질 것이라는 우려가 있지만, 로봇이 인간의 섬세한 감정마저 지배하지는 못할 것이라는 기대와 걱정이 삶의 혁명을 일으키고 있습니다. 앞으로 전개될 한 번도 경험하지 못한 세상(인간 이상의 지능을 갖춘 AI~AGI 출현)에 대한 호기심보다 인간의 끝없는 욕망에 두려움이 앞서기도 합니다. 선생님은 이미 한발 빠른 세상의 변화를 예감하고 우리가 태어난 '문학'이라는 생태계에서 글쓰기의 보폭을 넓히셨던가 봅니다. 수필은 물론, 소설 장르에 도전하였고, 용산전쟁기념관에 호국영령의 숭고한 희생정신을 기리는 헌시를 새겨 놓기도 했습니다.

선생님의 수필 작품 중 〈사슴뿔〉과 〈상황버섯〉은 지금도 여러 사람들에게 긴 여운을 남겨주고 있습니다. 아무리 AI의 기능이 발달하여 인간의 지능을 지배한다 해도 생명과 인간애를 중히 여기며 삶의 가치를 추구하는 감동의 역작은 변함없이 많은 사람들에게 전해지고 있습니다. 선생님의 예리한 감각과 뛰어난 문장력, 독자를 끌어들이는 흡인력이 훌륭했지만, 한편 선생님의 옳고 그른 것에 관한 판단과 그것을 지켜나가는 의리, '한국수필작가회'를 사랑하는 심중이 깊다는 것이 내 마음속에 그려져 있는 선생님의 초상(肖像)이기도 합니다.

한국 문단에도 우리의 작품을 해외에 널리 알려야 한다는 한국 문학 번역의 바람이 불고 있습니다. 노벨문학상 대열에 올라서지는 못했지만, 우리는 저마다 하나의 별이 되어 누군가의 어두운 가슴에 빛이 되기를 꿈꾸고 있습니다. 우리나라의 반도체는 물론 음악·영화·드라마는 이미 세계 최고 수준으로 성장했고, 변화는 세상을 움직이는 에너지가 되고 있습니다. 그런가 하면 선진국의 든든한 자본력은 AI시대를 넘어선 또 다른 기술혁신 (GPT 5 오픈 AI 차세대 AI모델)으로 이어지고 있습니다. 그로 인해 우주의 다른 곳에 사는 인간이 늘어나고 있지만, 나는 오늘 밤 아날로그 시대의 순수한 서정에 젖어 밤을 지새우는 지구인으로 선생님과 담론(談論)을 즐기고 있습니다.

하늘에 별처럼 빛나는 삶을 꿈꿔온 유희남 선생님! 아무리 정상적인 의사소통을 할 수 없는 세상이 된다 해도 우리는 우리만의 언어로 사랑과 그리움을 노래하기로 해요. 당신은 영원히 우리의 가슴속에서 빛나고 있는 별입니다.

(≪수필가 유희남 선생 유고집≫, 『창작수필』 2024. 겨울호)

추신: 이 작품을 잡지사에 보낸 얼마 후 소설가 '한강'의 노벨문학상 소식이 전해졌음.

파도타기

공자께서 "지자(智者)는 물을 좋아하고, 인자(仁者)는 산을 좋아한다(智者樂水 仁者樂山)."이라 했다. 바다를 좋아하면 슬기가 많은 사람이요, 산을 좋아하면 어진 사람이라는 뜻이리라.

나는 산보다는 바다가 좋다. 동해의 맑은 물보다 갯내음 흠씬 묻어나는 서해의 탁한 물결에서 끈끈한 삶의 체취를 느낀다. 지난날을 뒤돌아보면 어리석고 후회스러운 일이 많아 그 답답함에 앞이 훤히 트인 바다로 내달리는 것이 아닌가 한다. 거기에 이유를 하나 더 달자면 유년 시절부터 청년기에 이르도록 부모님이 서해 바닷가에서 염전을 하여서 바다와 친숙해진 까닭도 있다고 하겠다.

도시에 살면서 간간이 팔뚝에 휘감기는 짭조름한 바닷바람과 갯내음이 그리워 바다로 달려가면 망망대해는 옹졸한 가슴에 숨길을 터주고, 아량과 관용이 무엇인가를 일러준다. 물처럼 유연하게 살라 하고 거센 파도에 몸을 맡기고 순응하는 자연의 법칙을 가르쳐주는 듯하다. 공자의 말씀대로라면 나는 슬기로운 사람이라고 해야겠지만 아직 그 축에 들지 못하고 있다. 내가 슬기로워 바다를 좋아하는 것이 아니라 바다를 좋아하다 보니 슬기롭게 사는 법을 터득해 가는 것 같지만, 아직도 나는 하찮고 부질없는 일에 마음고생하고 있다.

깊은 바닷속으로 들어가는 것은 호기심에 이끌려서, 보물이나 자원 때문에, 그리고 군사적 목적이 있어서라는데 나는 그러한 거창한 이유로 바다를 동경하는 것이 아니다. 바다 끝 지평선에 크고 작은 섬들이 붉은 노을 아래에 나란히 서 있는 모습이 평화스러워 좋고, 그 섬들을 보며 동심에 젖을 수 있어서 좋다. 수평선 너머 산골짝을 지나면 어떤 세계가 펼쳐질까, 미지의 세계를 꿈꾸며 평화스러움을 느끼던 어린 시절로 돌아가는 여유를 부려볼 수 있어 바다를 찾는 것이다.

바다는 잔잔한 물결보다 태풍으로 요동칠 때 본색이 드러난다. 밤새 고요하던 바다에 태풍이 몰아치면 바닷가 사람들의 몸놀림이 바빠진다. 포구에 정박해 있는 선박의 선주들은 침수된 배를 돌보느라 정신이 없고, 바닷가의 무너져 내리는 원 둑의 틈새를 메꾸느라 동네 남정네들은 모여들어 사투를 벌인다. 염부들은 바닷물에 잠긴 염전을 바라보며 비탄에 잠길 사이도 없이 물꼬를 저수지로 돌려 물빼기 작업을 하기에 애간장이 탄다. 바닷가 사람들은 혼비백산하면서도 위태로움에 슬기롭게 대처하지만, 어느 천하장사라도 자연과 대적해 이기지는 못한다.

장마가 길어지면 그해 소금 농사는 망치게 된다. 염전을 하는 아버지는 비 오는 하늘을 바라보며 "내가 하늘과 싸우다니, 내가 잘

못이지, 내가 잘못이야!" 한탄을 비 오듯 퍼붓는 아버지 옆에 쪼그리고 앉아, 나는 비 한 방울이라도 더 맞고 싶어 마루 끝으로 미적미적 옮겨 앉던 철없던 날의 한 장면이 떠오른다.

바다는 온갖 해산물로 사람들을 돌보지만 때때로 사나운 태풍을 몰고 와 사람들을 황망하게 한다. 그러나 폭풍이 바닷물을 뒤집어 놓아야 온류와 난류가 뒤섞여 그 온도로 생물이 살아갈 수 있으니 심술쟁이 태풍도 고마운 존재가 아닐 수 없다. 바닷가 사람들은 강렬한 태양과 바닷바람으로 몸이 단련되었고, 사나운 태풍과 부딪쳐야 하는 지리적인 여건 때문에 강해지다 보니 거세다는 말을 듣기도 한다. 그러나 겉보기와는 다르게 순박한 사람들이다.

인생은 망망대해를 항해하는 것과 같다고 한다. 어떤 이는 조각배에 실려 가고, 어떤 이는 돛단배를 타고 가고, 어떤 이는 호화여객선에 승선해 인생을 항해한다. 바다는 잔잔한 물결로 순조로운 항해를 유도하지만 때때로 폭풍을 일으켜 조난을 당하게 하고, 암초에 부딪혀 위험으로 몰고 가기도 한다. 어떤 사람은 조각배를 타고 가다가 호화여객선에 올라타기도 하고, 어떤 사람은 돛단배를 타고 가다가 어느 외딴섬에 닿아 쉬어가기도 한다. 사람들은 다 같이 인생이라는 망망대해를 항해하고 있지만 제각기 다른 운명의 물줄기를 따라가는 것인지도 모른다.

바다에서는 파도타기를 잘해야 한다.

언젠가 유람선을 타고 먼바다에 나간 적이 있다. 갈 때와는 달리 돌아올 때는 풍세가 강해져 배가 요동을 쳤다. 높은 파도에 배가 중심을 못 잡고 심하게 흔들리자 배 안의 사람들은 겁에 질려 아우성을 쳤다. 선장은 승객들을 안심시킨 후 배가 파도에 치받혀 머리를 들 때는 "오~"라고 외치고, 뱃머리가 내려가면 "예! ~"라고 외치라 했다. 승객들은 선장의 지시대로 "오~" "예!~"를 반복하여 외치다 보니 겁에 질린 목소리는 노랫가락이 되었고 승객들은 웃음으로 위기를 극복하면서 항구에 닿아 환호성을 질렀다. 슬기로운 선장의 지혜로 오히려 거친 파도타기를 즐기며 돌아온 그날의 기억은 즐거운 추억이 되었다.

우리는 삶의 길에서도 집채만 한 파도를 만날 때가 있다. 예상치 못한 일에 부딪혀 두려움이 몰려올 때 "오~" "예!~"를 부르며 파도타기를 한다면, 진정 물을 즐길 줄 아는 지자요수(智者樂水) 축에 들 수 있지 않을까 싶다.

(『한국수필』 2020. 9월호)

지지(知止)

단풍이 물드는 10월도 아니고, 눈 내리는 12월도 아닌 11월은 왠지 을씨년스러워 따뜻한 방에 누워 책 읽기가 제격이다. 집안이 비교적 밝은 편이지만 오후 2~4시 사이에 머리맡에 들어오는 햇살을 받으며 책을 읽거나 묵은 원고 뭉치에 묻혀있는 나를 찾아내는 시간이 가장 행복한 순간이다. 눈을 감아도 살갗을 스치는 감촉으로 햇살을 맞이할 수 있지만, 이 시간에 낮잠에 빠진다는 것은 어리석은 일이다. 눈을 감고 음악을 듣는다 해도 그 빛나는 햇살을 눈 맞춤 없이 그냥 보내는 것만 같아 아깝다는 생각이 든다.

잠시 스쳐 가는 짤막한 이 시간을 그 누구에게도 방해받고 싶지 않다. 나만의 시간과 공간의 요람 속에서, 그 옛날 머리맡에 한지(창호지) 문을 통해 들어오는 따스한 햇살을 받으며 고전을 읽으시던 외할머니처럼, 나도 격자창 유리문을 뚫고 들어오는 햇살을 받으며 책을 읽는다. 강렬한 햇볕 아래 거실의 넓은 유리창을 통해 바깥의 풍경을 바라보는 것과는 달리, 방안에 달린 다소 흐릿한 무늬의 유리 격자창을 통해 들어오는 햇살은 사뭇 온화한 안정감을 준다. 서너 권의 책을 머리맡에 두고 지루하면 바꿔가며 읽는데, 그 중 어느 작가분의 수필을 읽다가 '지지(知止)'라는 글자 앞에 멈춰 섰다. 그러잖아도 요즈음 이런저런 일들로 마음이 허전했는데, '자기 분에 넘치지 않도록 절제할 줄 앎'이라는 지지의 뜻풀이가 빈 가슴을 채워준다.

문득 10여 년 전의 일이 생각난다. 세 번째 수필집 ≪소금꽃≫을 출간한 지 6년이 되었고, 이어서 네 번째 수필집 ≪숙제 그리고 축제≫를 발간하기 위해 원고를 출판사에 넘긴 지 두 달이 되었을 때였다. 2, 3년에 한 번씩 책을 내는 작가에 비하면 6년 만의 출간이 느린 점도 있지만, '정신적 깊이를 쌓아 올린 기간'이라는 자존심으로 버틴 시간이어서, 6년이라는 세월을 그리 덧없이 보낸 것만도 아니라는 생각이 들었다. 그런데 막상 출판사에 보낸 원고를 다시 들여다보니 숫자에 비해 알곡이 없다는 자괴지심으로 두려움마저 일곤 했다. 누군가가 쓴 막힘없이 끌려 들어가는 수필을 읽으며 내 글과 대조해 보기도 하는데, 빈 쭉정이나 다름없는 원고 뭉치를 들고 출판사로 향했던 것부터가 분에 넘치는 처사라는 생각이 나를 옥죄는 것이었다.

작가라면 모름지기 2, 3년에 책 한 권 분량의 글을 써내어야 한다는 막연한 열정으로, 내 어찌 앞서가는 사람들을 쫓으려 했는지 부끄러웠다. 그때만 해도 등단한 지 어언 25년이요, 내 글에 공감하는 이도 더러 있어서 그만하면 수필 전도사라 해도 손색이 없으리라고 생각했던 것은 교만이었다. 어떻게든 출간 일을 미뤄 그동안

한두 편이라도 알곡을 만들어보고 싶은 심정이었지만, 아무리 훌륭한 소재를 만난다 해도 그 밭에 그 낟알이라는 생각에 빠지곤 했다.

그런 와중에도 어느 작가의 수필론에 공감하며 스러져가는 마음에 힘을 보태본다. '수필 속에는 분식되지 않은 내가 있고 네가 있고 우리가 있다. 그러므로 나는 철저하게 나면 되는 것이다. 다만 내 그릇에 충실할 뿐'이라는 강력한 메시지가 나에게 울림을 주었다. 이렇게 갈등과 진통 끝에 네 번째 수필집 ≪숙제 그리고 축제≫는 1년 후(2012. 10) 세상에 얼굴을 내밀게 되었다. '넘치는 것보다 모자람이 낫다' 하지 않던가. 아무리 신통치 못한 글이라도 거기에도 배울 점은 있다. 이 글은 '못 쓴 글'이라고 느끼는 것 자체가 배움이 아니겠는가. 내 글의 희소가치는 독자들의 몫이고, 나는 나 자신에게 충실하면 되는 것이라는 '신념' 하나로 버티며 글을 쓰고 있다.

'지지'라는 단어가 어디 글 쓰고 책 만드는 일에만 해당되겠는가. 지지는 내 생활 여기저기에 잣대를 들이대어 나무란다. 체면에 밀리어 형편을 외면한 과시욕. 채울 수 없는 욕망으로 잠 못 이루던 허망한 날들. 앞뒤 생각 없이 사들인 옷가지와 장신구들. 과다한 영양 섭취로 병을 키우고, 자기 위안과 합리화로 낭비한 시간들. 이 모든 것이 절제할 줄 모르는 분에 넘치는 행위가 아니었던가. 앞으로는 시나브로 공염불이 될지라도 '지지'를 우선으로 하는 삶을 살아야겠다고 다짐해 본다.

(오래된 원고 뭉치 중에서. 2023. 한국수필작가회동인지)

리더십 부재

영화 ≪명량≫을 감상했다. 이순신 장군이 진도의 우수영 앞바다에서 12척의 전선(戰船)으로 330척 왜선(倭船)의 침입을 받았지만 뛰어난 전술과 리더십으로 싸워 이긴 명량 대첩을 토대로 제작했다(이순신 연구가들에 의하면 그 당시 조선의 배는 13척이고 왜선은 130여 척이라 함).

≪명량≫은 이순신의 인간적인 고뇌와 수군통제사(함장)로서의 리더십이 얼마나 중요한가를 보여주는 영화다. 조정에서는 수군의 미약함을 알고 이순신에게 육군에게 합류하라 했지만 바다를 내어주면 조정까지 위험함으로 열세할지라도 이길 수 있다는 결전전략(決戰戰略)의 의지로 싸워 이긴 해전(海戰)이다.

명량해전과 세월호 참사는 모두 바다 위에서 일어난 사건으로 이순신 장군은 병든 몸으로 끝까지 목숨을 걸고 전선과 군졸을 지켰지만 세월호의 이준석 선장은 수백 명의 승객과 여객선을 수장시키고 혼자 빠져나왔다. 이순신 장군의 훌륭한 리더십에서 오는 승리와 세월호 선장의 리더십 부재에서 오는 참사가 대비되었다.

세월호 사건뿐만이 아니라 통솔 능력이 부족한 사람을 리더로 두어 일어나는 불행은 헤아릴 수 없이 많다.

세월호 참사 이면에 숨겨진 각계각층의 비리에 지금 온 국민이 분노와 슬픔에 잠겨있다. 세월호 사건을 계기로 피워보지도 못한 꽃봉오리들의 희생이 헛되지 않도록 사회 전반에 걸쳐 감춰지고 누적된 민관 부패 유착의 고리를 끊어내기를 염원해 본다. 브라질 월드컵 뉴스는 190만 건에 불과했지만 유병언에 관한 뉴스는 600만 건에 달할 만큼 국민적 관심이 쏠려 있었다. 그러나 세월호 참사가 일어난 지 4개월이 되는 이 시점에도 정치권에서는 '세월호 특별법'에 침묵하고 있다가 어렵게 물꼬가 트이는가 했더니 또다시 의견 대립으로 난항이 거듭되고 있다.

지금 우리 사회는 사상 유례없는 혼란에 빠져 있다. 오죽하면 대한민국의 위기라는 말까지 나오겠는가. 외부의 침입보다는 내부의 혼란에 나라가 흔들리고 있는 까닭이다. 기성세대의 비리와 무책임은 물론, 지도자급 인사들의 부도덕한 행위. 나라의 장래를 짊어지고 갈 청소년들의 극악무도한 비행은 차마 입에 담을 수 없는 지경에 이르렀다. 특히 군대에서 동료들의 엽기적인 행위와 구타에 의해 사망한 윤 모 일병 사건은 군대에서 구타에 시달리던 내 아들의 모습을 보는 것 같아 소름이 끼치고 가슴이 미어진다. 군대 내의 구타는 2, 30년 전의 이야기로만 알았는데, 이 시대에 그렇게 미개하고 반인륜적인 일들이 일어나는 것은 젊은이들의 정신이 걷잡을 수 없이 황폐해지고 있다는 것을 말해준다. 이 사건도 병사

관리에는 관심이 없고 자신들의 승진과 안위에만 신경을 쓰는 지휘관들의 리더십 부재에서 오는 고질적인 문제라고 본다.

청소년의 범죄는 가정에서의 인성교육 부재와 출세 지향적인 교육제도에도 문제가 있다. 양심이 무너지고 전통과 정서와 주체성이 사라지면 '나를 잃는다'라는 것을 느끼지 못하는 의식 부족으로 범죄가 독버섯처럼 자라고 있다. 세월호 참사를 비롯해 사회 전반에 걸친 참혹한 사건들을 답습하지 않으려면 우두머리부터 각성하여 잃어버린 양심을 되찾고 인간성을 회복해야 한다. '윗물이 맑아야 아랫물도 맑다.'라는 이치와 같은 것이다.

국민은 준법정신을 준수하고 자기가 속해 있는 조직의 올바른 근본정신을 따른다면 이 사회가 좀 더 건강해지지 않을까 하는 생각을 해 본다. 정치인은 링컨의 원칙 정신을 본받아 '국민의 국민에 의한 국민을 위한' 정치를, 군인은 나라를 위한 호국정신으로, 법관은 성역 없는 공명함으로, 경찰은 진정한 민중의 지팡이로, 의사는 히포크라테스선서의 윤리적 지침으로, 문인은 문장이나 지식보다 애정 어린 비평과 역사를 지키는 선비정신으로 다시 태어나야 한다. 그리고 사회 각계의 수뇌부들은 자신만의 명예와 이해타산을 멀리하고, 이순신의 5대 정신(나라사랑, 정의실천, 창의개척, 책임완수, 희생감내)을 이어받아 대장다운 대장이 되기를 바란다. 백척간두에 선 나라를 구하려면 의리와 정도를 중히 여기는 리더가 필요한 까닭이다. 지도자가 되려면 용기와 카리스마도 갖춰야 하지만, 그보다 중요한 근본 요건은 '정직'이라는 것을 다시금 되새기며 자신은 리더로서 자격이 있는지 생각해 볼 일이다.

　작금의 사건들에 기가 막히고 침통하여 이 글을 쓰기는 하지만, 이 또한 한갓 구호에 그치고 말 것이라는 생각도 들어 차라리 묵묵 부답하고 싶다. 그러나 이사회가 이만큼이라도 유지될 수 있는 것은 글 쓰는 사람들의 펜대가 있기 때문이라는 긍지로 작은 목소리를 보탠다.

(『창작수필』 2014. 겨울호)

4.

주막에
앉아

주막에 앉아

성경에 나오는 '주막'(누가복음 10장 34절)은 교회로 번역되고 있습니다. 주막은 먼 거리를 걸어온 길손들이 쉼을 얻는 곳입니다. '공중, 다 함께'라는 뜻도 담겨 있답니다. '그 어디로부터 이끌림을 받은 사람들이 모여 있는 곳'이라는 의미와도 일맥상통하지요.

우리는 살아가며 크게 세 가지로 빈곤과 질병, 인간관계에서 오는 갈등으로 상처를 받습니다. 이 모든 재난은 인생길에서 만나는 강도라 하겠습니다. 강도를 만나 고통스럽고 두렵고 안타까울 때 나는 주막에 나가 앉아 위로를 받곤 합니다. 그곳에는 길거리에서 강도를 만나 거의 죽은 사람을 기름과 포도주로 싸매어 자기의 짐승에 태워 주막으로 데리고 가 치료해 주신 분이 계시기 때문입니다.

요즈음 나는 '주막'에 관한 성경 말씀에 심취해 있던 중이었는데, '한국수필작가회'는 내게 주막과 같은 곳이 아닐까라는 생각이 뇌리를 맴돌았습니다.

수필에 입문한 지 어언 40년, 수필은 자기 고백의 문학이기에 신앙과 같았고, 한국수필작가회는 나의 고단함을 풀어주는 쉼터이기도 했습니다. 그곳에는 정다운 미소로 내 손을 잡아주는 문우들이 있기 때문이지요.

『한국수필』은 가장 오랜 역사의 수필 전문지로서, 『한국수필』을 통해 우리는 꿈을 안고 문단에 나왔지만 편협하고 차별화된 문단 정책으로 한국수필 출신작가들은 한동안 서자 취급을 받았고, 우리는 많이 아파해야 했습니다.

우리는 비로소 1987년 초가을(한국수필가협회 조경희 이사장, 이숙 사무국장, 한국문인회 이철호 회장)을 모시고 영혼이 상처받은 여섯 명의 회원(주영준, 이희수, 신일수, 한동희, 임재문, 임창순)이 종로의 어느 한식집 골방에 모여 서로 위로하고 반겨줄 주막을 지었고, '한국수필추천작가회'(그 후 한국수필작가회로 명칭을 바꿈)라는 문패를 달았습니다. 차츰 전국에 흩어져 있는 나그네들은 무엇에 이끌렸는지 모여들기 시작했습니다. 한동안 주막에는 비가 들이치고, 차가운 바람이 스며들고 먼지도 일었지만, 우리는 전국 각지를 돌며 죽마고우처럼 문학과 인생에 대해 이야기꽃을 피웠습니다. 그 세월이 어언 마흔 해가 되어 가고 있습니다.

우리는 '한국수필작가회'의 주인이고 청지기입니다. 이제 우리 주막에는 250여 명에 달하는 많은 사람이 함께하고 있기에 강도도 쉽게 달려들지 못할 것입니다. 한국에서는 가장 큰 문학단체로 발전하였고 각 지방마다 문우들은 대표직을 맡아 활동하고 있습니다. 우리는 서로의 비와 바람을 막아주는 우산이기도 하지만, 서로

를 빛내주는 햇볕이기도 합니다. 우리는 글과 사람이 같아야 한다
는 수필의 원칙을 지켜야 하지만, 무엇보다도 피곤한 인생길에서
언제나 쉬어갈 그늘이 넉넉한 '주막'이기를 소망합니다.

(한국수필 작가회 동인지 2026.11)

 한동희 | 인동초 사랑

손의 역사

심한 복통으로 응급실로 실려와 입원한 지 열흘 만에 퇴원했다. 병명은 '대장 정맥 허혈증'이란다. 장의 정맥에 흐르는 피가 엉겨 혈전이 생겼는데, 이 혈전이 뇌를 통과하는 핏줄에 붙으면 뇌경색, 가슴에 흐르는 피를 막으면 심근경색에 이르는 무서운 병이란다. 내 몸을 당뇨와 간경변이 괴롭히더니 이제 정맥 허혈성이라는 또 하나 반갑지 않은 손님이 친구가 되자고 한다. 각종 검사를 거쳐 정맥에 생긴 혈전을 녹이는 여러 개의 링거 주머니가 머리 위에 걸려 있고, 물 한 모금도 넘겨서는 안 된다는 금기사항이 붙여졌다.

입원 3일째 되는 날, 심한 복통은 사라지고 이따금 미세한 아픔이 명치를 스치고 지나갔지만, 나는 내 손등을 보며 아연실색하고 말았다. 몸에 들어가는 수액보다 피가 섞인 대소변을 많이 쏟아냈기 때문인지, 주삿바늘로 피멍 든 손등에는 메마른 잔주름이 수없이 겹쳐 있었다. 또한 피부 속에 묻혀있던 크고 작은 검버섯들이 때를 만난 듯 솟아나 아우성을 치는 것 같았다. 손등의 주름은 마치 서해 태안반도 채석강 강가에 시루떡처럼 겹겹이 쌓인 바윗돌을 연상케 한다. 서해의 파도에 부딪히며 층층이 쌓인 바윗돌이 태안반도의 역사를 말해주듯, 썰물처럼 빠져나간 메마른 손등에 겹겹이 쌓인 주름은 내 손의 역사를 말해주는 듯했다. 그 사람의 손을 보면 그 사람이 살아온 길을 알 수 있다고 했듯이 말이다.

내 손의 역사는 스무 살 즈음부터 시작되었다. 그 이전에는 부모님 덕분으로 고운 손으로 살아왔으나 그때부터 내 손은 삶의 현장으로 들어와 인생을 배워가기 시작했다. 그때 부모님이 서해 바닷가에서 염전을 하셨다. 봄부터 시작된 염전 일은 가을 추석쯤에 끝났는데 부모님은 한 해 동안 농사를 겸한 가을걷이를 서울 집으로 올려보내고 그곳 살림을 정리한 후 서울에서 겨울을 나시곤 했다.

수년간 이런 생활이 반복되고, 부모님이 서해 바닷가로 내려가 계신 수개월 동안의 서울 살림은 언니가 돌보다가 시집을 간 후 내가 대물림을 받게 되었다. 그때 서울 집에서는 대여섯 명의 형제가 학교에 다녔는데, 나는 직장에 다니면서 형제들을 돌보아야 하는 슈퍼맨이 되어야 했다.

그때 겪었던 일 중에 가장 기억에 남는 것은 어느 해 늦가을, 어머니가 서울 집에 오시기 하루 전에 김장 배추 200포기를 트럭에 실어 올려보내셨는데, 나 혼자서 배추 200포기를 밤새워 소금에 절였던 일이 잊히지 않는다. 그때는 그 일이 조금도 힘들지 않았고 다음 날 어머니와 함께 김장 김치를 담글 생각에 즐겁기만 했다. 친정집에서 큰살림을 돌보았던 때문인지 시집와서 20포기의 김장 김치를 담그는 것은 일도 아니었다.

　　　　　　　　　　　　　　　　

결혼하여 53년을 살면서 담낭 수술하고 퇴원하여 3시간 정도 도우미를 부른 것 외에는 한 번도 남의 손을 빌려본 적이 없다. 누가 강요한 것도 아니건만 나는 밖에 나가 고생하는 남편을 생각하면 집에서 편히 쉴 수 없다는 생각에서였다. 나의 고지식한 성격이 손은 당연히 일하기 위해 만들어진 것으로 여겼다. 내 손이 아담하거나 그다지 곱지는 않지만, 그래도 열심히 살아온 '인생의 훈장'이라고 말할 수는 있었다.

그런데 지금 이 순간, 나는 인생의 훈장이라고 자부해 왔던 내 손 앞에 조용히 묵상하며 자괴지심의 눈물을 흘리고 있다. 손은 어떤 주인을 만나느냐에 따라 그 쓰임새가 달라진다. 한데 어려운 이웃을 위한 봉사는커녕, 내 가족만을 위해 분주했던 손을 과연 인생의 훈장이라고 내세울 수 있을까.

손이 무슨 죄가 있기에 나 같은 주인을 만나 이처럼 비참한 꼴이 되었단 말인가. 손은 주인인 내 생각에 의해 움직였고 주인의 명령에 순종했을 뿐이다. 나는 내 신체 중 손을 가장 모질게 부려 먹었다는 죄책감과 미안함이 함께 몰려왔다.

나는 평소 '그 사람의 인생은 그 사람의 성격과 환경에 의해 좌우된다'라는 지론을 갖고 있었다. 그러나 정작 나는 합리적이지 못한 성격으로, 힘든 환경을 극복하면서도 그 방식에 지혜롭게 대처하지 못했다. 그러나 사람이 늙어 병들고 죽어가는 것은 자연적인 현상이지만, 그 사람의 성격과 환경에 따라 삶의 질이 달라질 수도 있고 수명이 짧아지거나 연장될 수도 있다는 것에 절실히 공감하고 있다. 그간 겪어온 내 삶의 환경에 적절히 대피하지 못하여 스트레스가 쌓였고, 그로 인해 몸 안에 병을 만들었다는 자책과 후회가 밀려온다. 힘든 환경으로 인해 받은 스트레스를 내 몸이 기억하고 있었던 것이다.

내게 주어진 일을 남에게 맡기고 싶지 않아 무리하게 일했고, 슬픔도 참았고, 비난도 참았고, 울고 싶은 것도 참았고, 외로움도 참았고, 그리움도 참았다. 그렇게 살다 보니 웃음을 잃은 지 오래되어 참 웃음도 잃어버리게 된 것 같다. 내 몸에 찾아온 병마는 그간 참아왔던 감정의 분출처럼 원초적인 갈구와 애원이 배어있는 절규인지도 모르겠다.

"평소에 자신에게 집중하지 않으셨군요!"

의사의 의미 있는 한마디가 귓가에 맴돈다. 자신의 몸은 돌보지 않고 무엇을 했느냐고 나무라는 것 같았다. 이제 모든 에너지를 쏟아내고 겉가죽만 남아있는 내 손등을 보며 죽어가는 모든 것들을 존중해야 한다는 깨달음을 얻었다. 어느 산속 외진 곳에서 보잘것없이 시들어가는 들꽃에도 삶의 애환이 서려 있기 때문이다.

담당 의사는 간경변과 위험수치를 향해 가는 당뇨도 함께 보완하면서 대장의 정맥 허혈증을 치료해 주었다. 내 몸 여기저기에서 언제 공격해 올지 모르는 위험 증후군들을 달래며 치료해 준 주치의와 간호사들의 정성 어린 수고로 내 손등에는 다시 삶의 용기와 희망의 물줄기가 흐르고 있었다. 내 손의 역사가 이어지고 있었다.

(『순수문학』 2022. 2월호)

여행 가방에 대한 소회
-영혼의 유랑인

한국문인협회 주최로 일본에서 열리는 심포지엄에 참여하기로 했다(2023. 4.). 그간 일본에서 개최한 수필 세미나에 두 번 참석한 적은 있지만, 내게 이런 기회가 다시 올 수 있을까 싶어 장롱 깊이 밀어 넣었던 여행 가방을 꺼내 들었다.

세계여행 자유화가 시작되던 1989년 2월, '한국문인연수단'으로 첫발을 내디딘 미국 여행. 곱디고운 얼굴로 처음 만난 날렵한 연두색 여행용 가방은 이탈리아 '베네통' 상표를 달고 내게 왔다. 첫 해외여행 기념으로 남편이 사다 준 선물이다. 그때부터 여행용 가방 베네통은 나와 한 몸이 되어 세계를 향해 발걸음을 내딛게 되었다.

처음으로 여행 가방을 끌고 바깥세상에 발 들여놓으면서 눈부시게 발전한 그들의 문화(교육, 통신, 미술관, 관광지 등)를 견학하며 부러움과 도전 정신이 꿈틀거렸다. 나는 우물 안 개구리를 벗어나 청바지 하나만 입고 다녀도 돈을 아껴 여행비를 마련하면 세계 여러 나라를 활보하는 자유인이 되고 싶었다. 비행기 소리만 들려도 문득 어디론가 떠나고 싶은 영혼의 유랑인이 되어 미지의 세계를 향해 손을 흔들었다.

　해서, 짬짬이 20여 나라에 발 도장을 찍고 다니며 다소 여행에 대한 갈증을 해소할 수 있었다. 여행을 통해 나 자신을 돌아보고 삶의 고단함을 희석하며 내일에 대한 활력을 얻을 수 있었다. 내가 발 디딘 나라는 대개 문학 세미나 참여에서였지만, 또 다른 메시지와 테마가 있고 다소 장기간 머물 수 있는 여행의 기회도 얻게 되었다. 여행하다 보면 각기 다른 특색의 풍물과 인연으로 소회 또한 다르지만, 나에게는 특히 한국인의 해외 이민 역사에 접근할 수 있었던 브라질과 독일 기행이 인상에 남는다. 앞에서 잠시 언급한 바 있지만 브라질로 향한 초기 농업이민의 애환과 성공한 2세들의 현황, 한국전쟁 휴전협정으로 여러 나라를 거쳐 브라질에 안착한 반공포로들의 발자취를 추적하며 새벽 2시까지 뛰어다녔던 일정은 다시 겪을 수 없는 여행기가 되었다. 또한 6, 70년대에 독일로 떠난 간호사들이 그간에 겪은 일들을 자서전으로 남기고 싶다 하여 그들과 밤새워 토론하며 열강하던 날들. 고향을 등지고 또 다른 삶의 터전을 찾아 이역만리로 떠난 민족의 인간애적인 고뇌에 가슴이 울컥해진 여행이었다. 이민 역사를 취재하면서 '일하다 죽어도 좋다'고 생각했던 젊은 날의 열정은 여행의 묘미와 글쓰기에 대한 보람을 더욱 돈독하게 해준 동기가 되었다.

　　　　　　　　　　　　　　　　　　　　　한동희 | 인동초 사랑

여행 가방이 하는 말

　30여 년을 동서남북으로 끌고 다닌 여행 가방은 여기저기 긁히고 부딪쳐 볼썽사나운 내 모습을 닮아가고 있었다. 분신과 같은 여행 가방의 빛바랜 모습이 안타까웠지만 열고 닫는 장치에 별 탈이 없으니 여행 준비는 끝난 셈이다. 그런데 문제는 여행지에서 일어났다.

　일본에서의 일정을 마치고 돌아오는 날, 여행 가방에 옷가지를 넣고 잠그려는데 위아래의 아귀가 맞물리지 않는다. 그동안 말 잘 듣던 자물통의 암놈과 수놈이 심술을 부리는 것이었다. 어느 한 놈이 틀어져 저희끼리 다투는 건지, 죽도록 끌고 다니며 일만 시켰다고 나에게 시위하는 건지, 아무튼 아무리 어르고 달래도 끝내 교합하려 하지 않는다. 다행히 옆 사람의 도움으로 몸통이 꼼짝 못 하도록 단단히 벨트로 묶어 집까지 데리고 왔지만, 심사(心思)는 편치 않았다. 끝까지 내 수족이 되어주지 않고 객지에서 나를 당황하게 만들다니, 변심한 서방 같아 서운하고 화가 났다. 하지만 생각해보면 고맙고 미안하다는 말 한마디 건네지 못한 무심함이 민망하고 후회스럽기도 했다. 캐리어의 앞뒤를 살펴보니 아름답고 고왔던 몸체는 무엇에 찔렸는지 벌어진 틈새가 쭈그러지고 말라붙어 주름이 생긴 데도 있고, 바퀴 옆 귀퉁이는 벗겨지고 닳아서 늙은이 근육처럼 힘이 없어 보인다. 말기 암 환자가 "죽도록 일만 한 것을 후회한다."라고 했듯이. 지금 근력이 떨어진 여행 가방도 나를 쳐다보며 그리 하소연하는 것만 같다. 어찌 사람과 사람만이 통할 수 있다고 하겠는가. 평소에 부실한 데가 없는지 살펴주었으면 이처럼 상처투성이는 되지 않았을 거라는 원망의 눈초리는 마치 나를 대변하는 깊은 울림과도 같아 콧등이 시큰해진다.

낯빛이 흐려진 베네통이 내게 쓴소리한다.

"당신도 마찬가지야. 죽도록 일만 하다가 늙어버린 인생! 이제는 족쇄 풀고 쉬엄쉬엄 걸어가라."

그간 인생의 풍향계가 수없이 흔들려도 족쇄를 풀지 못하고 광야를 달려올 수 있었던 것은 영혼의 유랑인이 꿈꿔온 '찬란한 시절'이 있었기 때문이 아니었을까. 인생이라는 여행길에서 엮인 운명과 인연의 기억들이 파노라마처럼 펼쳐졌다가 바람처럼 지나간다. 나는 지친 심신을 추스르며, 또다시 미래의 꿈을 찾아 내 손을 잡아줄 세상 밖으로 나갈 채비를 한다.

(『그린에세이』 2024. 9~10월호)

나에게 주고 싶은 선물

언젠가 텔레비전 건강 프로그램에서 들었던 말이 이따금 생각난다. 이름만 들어도 알만한 유명한 배우가 한 말을 사회자가 대신 전해 주었다. 그 연예인은 사십여 년 동안 열심히 살았으니 그동안 수고한 자신에게 선물을 주고 싶은데, 그 선물로 담배를 끊었다는 것이었다. 자기 건강을 위해 끊은 담배인데 뭐 그리 대단한가 싶기도 하겠지만, 자신의 건강은 물론 담배 연기로 인해 피해를 보는 많은 사람들에게도 '담배 끊기'의 선물을 보낸 것 같아 그의 현명한 처사에 박수를 보내 주고 싶었다.

며칠 전 수년간 계속된 양쪽 어깨의 통증을 참아내기 힘들어 또다시 찾아간 전문의에게서 '회전근개 봉합술'을 해야 한다는 생각지도 못한 병명을 듣게 되었다. 어깨의 근육이 약해졌거나 근육을 잇는 힘줄이 끊어졌을 때, 낡은 옷에 다른 헝겊을 덧대어 하는 짜깁기와 같다는 것으로 이해되었지만, 전신마취를 하고 봉합 수술을 한다는 것으로 보아 간단한 문제는 아닌 듯하다. 그동안 남에게 뒤통수 따가운 소리 듣지 않으려고 최선을 다해 살았는데, 어째서 내 육신은 늘 고달파야만 하는지 억울했다. 열심히 살았다지만 지혜롭게 살지 못했다는 걸 후회하고 있는 나 자신에게 미안했고, 그동안의 수고에 나마저 모르는 척 외면해서는 안 된다는 노여움과 쓸쓸함이 밀려왔다. 나도 감사의 선물을 받고 싶다.

내가 자신에게 주고 싶은 선물은 무엇일까? 남편은 감당할 수 없는 일을 수없이 저질러 놓고, 그 뒷수습은 언제나 내 몫으로 돌아왔다. 그때마다 지쳐버린 내 몸과 마음을 편히 쉴 수 있는 곳으로 보내는 것이 나에게 주는 최고의 선물이라고 생각했다. 그러나 내가 받고 싶다는 선물은 가당치도 않다고 슬며시 비켜 갔다.

그렇다면 나에게 주고 싶은 또 다른 선물은 무엇이 있을까? 등단한 지 40년이 되었으니 그 기념으로 수필집 한 권은 더 묶어놔야 할 것이 아닌가 싶기도 하다. 하지만 내가 세상을 떠난 후 그 책들이 쓰레기처리장에서 천대받을 것을 생각하면 마음이 아파 머뭇거리게 된다. 수필 한 편 한 편은 가슴으로 낳은 자식인데 휴지 조각이 되어 허공을 날아다니다가 불태워져 한 줌의 재가 되겠지…. 마치 세상 물정 모르는 자식이 비바람에 부딪히며 이리저리 헤매는 것 같아 뼈마디가 저려 왔다. 젊은이들은 인터넷 서점에서 전자책을 사서 읽고 죽음을 곁에 둔 사람들은 차츰 자기의 흔적을 지워버리는데 종이책의 존재가 얼마나 지속될 수 있을까. 시름에 젖어있다가도 내게 기쁨과 용기를 주었던 '수필과의 인연'에 감사하며 살았다.

때맞춰 내게 힘을 보태준 것은 '늦기 전에 자기의 부고(訃告)를

한동희 | 인동초 사랑

직접 쓰라.' '부고는 죽음이 아닌 삶의 기록'이라는 부고 기사 전문인이 쓴 신문 기사였다. 모든 사람이 자기만의 이야기가 있지만 그렇다고 가족이나 친구도 내 인생을 다 알지는 못한다. 모든 인생에 가르침이 있고, 비로소 부고를 쓸 때 죽음이 아니라 자신의 삶을 생각한다는 것에 공감하였다. 특히 수필은 작가 자신의 이야기를 서술한 글이어서 직접 쓴 '부고'라고 할 수도 있겠다는 생각이 들었다.

어쨌거나 내 영혼이 결집된 작품들을 허공에 날아다니게 할 수 없다는 생각에 이르렀고, 여기저기 발표한 글들을 모아 점검에 들어갔다. 그런데 말년에 쓴 글들은 남을 의식하지 않고 내가 하고 싶은 말을 가감 없이 드러냈지만 시원함보다 마음이 무거웠다. 나이 들어갈수록 내 글을 읽는 이에게 포용과 용서, 희망과 사랑의 따듯함을 전해줘야 할 텐데 후회와 원망, 미움과 분노, 고독과 외로운 감정의 응어리를 헐어내는 글들이 대부분이었다.

나에게 주고 싶은 선물 생각으로 갈피를 못 잡고 있는데 '당신에게 주는 선물'이라고 쓴 팻말이 내 앞에 우뚝 서 있다. 그것은 내 가슴에 쌓여있는 부정적인 요소들을 가리키며 '감정은 습관이다!'라고 부르짖는 소리 없는 외침이었다. 나의 부정적인 감정 요소들이 그대로 터를 잡고 굳어질까 봐 염려되어 내가 나에게 보내는 메시지가 아니었을까.

어떤 사람은 열심히 살아온 자신에게 '담배 끊기'의 선물했다는데, 나는 과거의 기억에서 벗어나 가슴에 옹이져 있는 아픔을 풀어

내기 위한 '감정 순환제'을 선물해야 될 것 같다. 나는 행복의 감정
을 가질 수 있도록 안내하는 박용철 정신과 의사의 ≪감정은 습관
이다≫라는 책자를 가슴에 안고 잠자리에 들었다.

(『그린에세이』 2025. 3~4월호)

감회가 새롭다

내가 '한국여성문학인회'에 입회한 것은 제14대 회장님 송원희 소설가 때였다. 이곳에는 한국의 기라성 같은 여성 문인들이 모두 계셨고, 그분들을 만나 뵙는다는 것만으로도 영광이었고 설렘이었다. 문단에는 여러 단체가 있지만 특히 '한국여성문학인회'의 엄격한 위계질서와 문학의 위상과 문학인으로서의 자세를 중시한다는 정통성에 이끌렸다.

내가 문단에 나오기 전. 모촌 선생께서는 등단 후 5년까지는 '죽은 듯 글만 쓰라'고 하셨다. 이는 점차 문단의 위계질서가 무너져 가고 부조리와 타협하는 무리가 문단을 흐려놓고 있음을 염려하시는 말씀으로, 오직 '문학인의 혼'으로 글만 쓰라는 가르침으로 이해되었다. 스승님의 가르침에 부합되는 제자가 되지는 못했지만, 등단 6년 만에 문인으로서 배울 점이 많은 한국여성문학인회의 회원이 되었으니 기쁜 일이 아닐 수 없었다. 나도 차츰 회원의 일원으로서 공동체의 발전을 위해 기여할 기회가 주어졌다.

제19대 한말숙 회장님 때, 한분순 사무국장, 김율희 선생과 간사

일을 보며 문우애가 돈독해지니 고달팠던 일도 즐거운 추억이 되었다. 그 후 제22대 김지연 회장님 때 사무국장 일을 보게 되었는데, 김 회장님은 일에 대해 매우 정확하고 까다로웠지만 그 열정이 대단하였다. 해마다 짐을 옮기며 남의 사무실 더부살이를 하던 것을 드디어 '한국여성문학인회' 사무실을 마련하고 간판을 걸며 기뻐했던 일과 힘들었던 일들이 뇌리를 스쳐간다. 그외 인상에 남는 몇 분이 계신다. 조경희 회장님은 행사장에서 만나는 원로 선생님들께 '내 새끼, 내 새끼들'이라며 우리를 소개하시던 넓고 깊은 사랑을 잊을 수 없다. 그리고 가까이하기에 어려운 분들이어서 멀리서 바라볼 뿐이었지만, 김남조 선생님은 나에게 "어디 있다가 이제 나타났느냐?"라고 따뜻이 맞아주셨다. 김남조 선생님의 준엄함과 홍윤숙 선생님의 따끔한 질책 등은 후배들에게 큰 사랑과 교훈으로 남았으리라 생각된다.

이제 원로 선생님들은 세상을 떠나셨거나 기력이 쇠하셔서 거동이 불편하시다는 소식이 들려오니 안타깝고 감회가 새로울 뿐이다. '한국여성문학인회'는 선배님들의 정통성을 이어받아 문단에 우뚝 서기를 바란다.

(한국여성문학인회 40주년 기념)

나도 행복한 국민이 되고 싶다

아들이 울었다. 마흔네 살 중년의 남자가 소리 내어 울었다.

청문회를 지켜보던 아들이 "남의 얘기가 아니구먼!" 하면서 제 방으로 들어갔다. 이내 아들의 방에서 울음소리가 들려왔다.

나는 내 귀를 의심했다. 아들이 울다니, 아들의 울음소리를 처음 듣는 것 같았다. 놀라움에 왜 우느냐고 채근했다.

"돈 있고 빽 있는 놈들은 군대도 안 가는데, 내 인생은 이게 뭐야?"라며 제 신세를 한탄하며 목 놓아 울었다. 다음 날도, 그다음 날도 아들은 가슴에 맺힌 한을 토해내듯 울부짖었다. 무표정했던 아들의 얼굴에 눈물과 콧물이 범벅된 것을 보며, 이제 감정이 살아나는가 싶다가도 이 예기치 못한 변화에 두려움이 몰려왔다.

"병역 면제자는 신의 아들이요, 방위로 빠지면 사람의 아들이고, 현역으로 나가면 어둠의 자식이다."

우리 아들이 군에 입대할 1980년대 당시 유행했던 말이다.

그런 말을 들으면서 나는 군대에 가기 싫어하는 사람들이 지어낸 루머 정도로만 알았다. 대한민국 남자라면 군대에 가는 것은 당

연한 의무이고, 군대에 갔다 와야 취직을 할 수 있다고 생각했었
다.

우리 아들은 신의 아들도 아니고 어둠의 자식도 아니다. 다만 시
력이 나빠서 방위로 빠졌을 뿐이다. 아들은 군대 생활을 하며 폭행
과 조롱, 따돌림의 심한 정신적 스트레스로 인해 인생은 나락으로
빠져들었다. 어째서 가해자들은 '장난으로 던진 돌에 맞은 개구리
가 죽을 수도 있다.'라는 것을 깨닫지 못했을까?

그런데 요즈음 사람의 자식도 아닌, 신의 아들들이 나타나 나를
혼란스럽게 한다. 이미 병역 담당관으로 있던 사람의 병역 비리에
대한 증언도 있었고, 매스컴을 통해 상당수의 고위층 인사들이 군
복무 면제자였다는 것도 보도되었다. 얼마나 많은 신의 아들들이
가려진 베일 속에서 그들만의 천국에서 희희낙락 인생을 만끽하고
있었는가 말이다. 법과 질서를 지키며 열심히 산 사람들이 잘되어
야 하는데 요리조리 법망을 피해 가며 약삭빠르게 산 사람들이 자
신들의 성공을 자랑하는 불공평한 세상에 분노를 느끼지 않을 수
없다.

새 정권이 들어설 때마다 고위 공직자들의 인사청문회가 열린
다. 주로 내정자들의 전문성과 업무 수행 능력, 도덕성을 놓고 열
띤 공방이 오고 간다. 전문성과 업무 수행 능력은 전문가들의 판단
에 맡기고, 도덕성에 대해서도 육십 평생 살아오며 정도를 걸어 온
사람이 몇이나 되겠는가 싶어 관대해지곤 한다. 그러나 내정자 본
인이나 그들의 아들 병역면제에 이르면 대다수 국민은 예민한 반

　　　　　　　　　　　　한동희 | 인동초 사랑

응을 보인다. 세 번의 군사혁명 정권 때 병역 면제자가 가장 많았고, 내정자들의 아들들이 내 아들과 비슷한 연배라는 점에, 나 역시 깊은 박탈감과 분노를 느낀다. 그들 대신 내 아들이 희생된 것 같아 울분을 느끼지 않을 수가 없다.

이십 년 전, 군복무 중에 받은 심한 정신적 스트레스로 제대 후 아들은 S병원에 입원하게 되었다. 자식을 폐쇄병동에 맡기고 하늘이 무너지는 심정으로 나오는데, 마침 병원 정문으로 들어서는 동료 문인과 마주쳤다. 그녀의 아들은 내 아들과 같은 또래였는데, 그녀는 아들의 해외 유학 관계 서류 때문에 왔노라며, "좀 아프긴 하지…"라는 석연찮은 말을 남기고 사라졌다. 순간 '신의 아들'이라는 말이 떠올라 허탈하고 비참했던 일이 잊히지 않는다.

청문회에 나온 고급 공무원 내정자들은 본인과 자식들의 병역면제는 합법적이라고 당당한 모습들이다. 한데 그들의 얼굴에 동료 문인의 얼굴이 오버랩 되는 것은 무엇 때문일까. 설사 합법적으로 병역을 면제받았다 해도, 어떻든 그들이 나라를 지키기 위해 총대를 메어본 적은 없지 않은가? 그들이 군대에 나가 병을 얻고 가슴으로 울던 아들과 나의 고통스러운 심정을 짐작이나 하겠는가.

지난 이십 년간 눈물과 한숨 속에서도 아들의 상한 마음을 회복시켜 보겠다는 일념으로 살았건만, 꽃도 피워보지 못하고 시들어버린 아들의 인생이 원통하고 애통하다. 그간에 겪어온 아들의 힘겨웠던 삶과 다가올 장래를 생각하면 눈을 떠도 감아도 사방이 막혀있는 캄캄한 동굴 속에 갇혀있는 것만 같다.

이제 아들에게 남들도 견뎌내는 군대 생활을 이겨내지 못한 것은 나약한 정신력 때문이었다고 타박하지 않겠다. 왕따를 당하고 구타에 멍든 것은 융통성이 없어서였다고 통박을 주지도 않겠다. 가진 것 없고, 이룬 것 없다 해도 너는 대한민국의 의무를 다한 자랑스러운 아들이라고 등을 토닥여 주겠다.

신의 아들들은 자숙하고 겸손하면 좋겠다. '어둠의 자식들만이 입대한다'라는 냉소적 유행어를 떠올리는 어버이들에게 미안함을 느껴야 하는 게 아닐까.

6·25 무력 남침, 천안함 폭침 사건, 연평도 포격 도발로 희생된 장병들, 군복무 중 또 다른 사건으로 순직한 병사들, 군 생활에 적응 못 하고 자살한 퇴역 병사들, 그들은 모두 우리의 형제이고 자식이다. 그들의 가족은 오늘도 고통을 안고 삶의 어두운 통로를 외롭게 걸어가고 있다.

행복이란 무엇인가. 꿈이 없는 곳에 행복이 존재할 수 있을까? "이대로 죽을 수 없다!"라는 아들의 울부짖음이 가슴을 저리게 한다. 아들에게 꿈을 안겨주고 싶다. 나도 행복한 국민이 되고 싶다.

(『한국수필』 2013. 4월호 권두 에세이)

정신이 아프다

　≪나는 천국을 보았다≫라는 제목의 책은 듀크대학교에서 의학 박사 학위를 받고, 버지니아 대학교에서 뇌기능을 연구한 세계적인 뇌과학 연구자 이븐 알렉산더가 7일 만에 뇌사상태에서 살아와 죽음 이후의 세상을 증명한 내용을 수록한 글이다. 하버드 신경외과 의사로서 뇌사상태에서 겪은 천국 이야기는 삶과 죽음, 몸과 정신의 과학을 새롭게 써나갔다. 가장 물질적이고 과학적인 세계관으로 살던 최고의 신경외과 의사가 보이지 않는 영의 세계를 과학적 통찰로 조명한 임사체험의 보고서는 세계적인 베스트셀러가 되었다.

　그는 2008년 11월 10일 54세의 나이에 대장균성 뇌막염에 걸려 있었는데, 그것을 아는 사람은 없었고 그 자신도 모르고 있었다. 성인에게는 천문학적 확률로, 성인이 자연발생적으로 걸리는 비율은 천만 명 중에 한 명 이하라는 드문 질병이었기 때문이다. 환자는 대개 신생아들이며 태어난 지 3개월만 지나도 이 병에 걸리는 경우는 극히 드물다고 한다. 박테리아성 뇌막염인 경우, 박테리아는 먼저 뇌의 바깥 부분인 대뇌피질을 공격한다고 한다. 뇌의 겉면이 멈춰버려 혼수상태, 뇌사상태가 되고 뇌가 작동하지 않으므로 이븐 알렉산더는 임사체험을 하게 된다. 이븐 알렉산더의 ≪나는 천국을 보았다≫에서 그가 앓고 있는 대장균성 뇌막염을 토대로 치밀하고 논리적인 의학적 탐구와 통찰, 인간은 육체가 아닌 영적인 존재임을 확인시켜 준다. 뇌 과학자인 이븐 알렉산더의 현대과학과 영성의 세계를 통해, 나는 지금, 이 순간을 어떻게 살 것인가를 생각하게 해 준다.

나는 두 번의 무의식 상태에 빠졌다가 깨어난 적이 있다. 죽음의 문턱에까지 갔다가 왔기에 죽음은 무엇이고 삶은 무엇일까? 두 번 모두 무의식 상태로 대학병원에서 정밀검사를 시행했지만, 신체적인 결함을 찾지 못한 것으로 보아 혼수상태의 원인은 신의 조화가 아닐까 하는 의구심이 들었다.

신께서 나를 두 번씩 삶의 현장으로 되돌려 보낸 까닭은 무엇일까? 하는 의문으로 고심하던 중 이븐 알렉산더의 ≪천국 이야기≫에 관심을 갖게 되었다. 그러나 "영적인 세계에 대해 너무 많이 알게 된다면 지상의 삶을 살아가는 일이 지금도 어려운데 더욱더 어려워지기만 할 것이다."라는 그의 조언대로 영적인 세계의 장엄함과 방대함에 대해 과도하게 의식하지 않으려 한다. 다만 신이 내게 부여한 영적인 체험과 연계된 지상에서 엉킨 삶을 풀어나가려 한다.

60여 년 전, 나의 외할머니는 90세 때 혼수상태에 빠진 적이 있었다. 집안에서는 장례 준비를 하고 있었는데 3일 후, 긴 한숨을 내쉬며 "아휴! 잘 잤다."라며 눈을 뜨셨고, 목에 방울을 단 강아지를 따라가다가 강아지가 냇물에 빠지는 바람에 이제는 따라가지 못하고 되돌아왔다는 꿈 이야기를 하셨다. 할머니는 그 후 2년을 더 사시다가 돌아가셨다. 나는 그 이야기를 듣고 할머니는 가슴에 풀지 못한 한의 응어리가 있어서 이 세상을 떠나지 못하고 머뭇거렸던 것이 아니었나 생각되었다. 할머니는 동구 밖에 나가 한국전쟁 때 북으로 끌려간 세 아들을 기다리며 긴 세월을 그리움과 한숨으로 채우셨다.

할머니가 혼수상태에서 겪은 꿈 이야기는 우물 안 개구리 소리에 불과한 전래 동화 속의 이야기 같지만, 한편으로는 현대의학과 영성 세계에 대한 탐구가 활발한 시대에 사는 나의 체험과 같은 맥락으로 느껴졌다. 어쩌면 내가 혼수상태에서 두 번씩 다시 살아난 것은, 아들이 고등학교 3학년 때 같은 반 친구로부터 당한 폭력[〈오른쪽 손목뼈와 앞니가 부러짐〉(『여성동아』 1987. 8월호), 〈맞고 돌아온 아이〉(수필작품)]과 이어서 군대에서 받은 폭력과 따돌림의 후유증으로 고생하는 아들의 잃어버린 30년 세월을 가슴에 안고 애통해하는 나를 가엾게 여기신 신의 은총이 아닌가 싶기도 하다. 그간에 아들과 내가 겪은 고통과 슬픔과 외로움은 필설로 나열할 수 없을 정도의 상처로 아들의 운명을 바꾸어 놓았다. 가족 모두가 질곡 속에서 헤매고 있는 30여 년의 세월이었지만, 불행은 여기에서 끝나지 않았다.

아들은 장기간 입원한 병원의 조무사 두 명에게 두 팔을 묶인 채 구타당해 갈비뼈에 금이 간 일도 있었다. 몇 해가 지났지만 아들은 지금도 그 악몽에서 벗어나지 못하고 있다.

나의 온몸의 세포에 얼간이 기질이 녹아있는 것일까.

모든 원인은 아들의 부족함에서 비롯된 것이니 무조건 참고 용서하라는 나의 가르침이 아들을 더욱 왜소하게 만든 것은 아니었는지, 의문과 후회가 나를 괴롭히고 있다.

이 세상 어머니들 가슴에 박힌 가장 아픈 못은 자식에 대한 여한일 것이다.

'하늘에 계신 그분은 우리의 인생을 마모시키는 것이 아니라 다듬고 계시다.'고 한다. 아들은 여러 나라를 여행하며 그 나라의 지질(地質)을 연구하는 지질학자가 되는 것이 꿈이었지만, 연이은 사고로 꿈은 사라지고, 50번의 전기치료를 받으며 병원과 사설연구소를 찾아다니는 순례자가 되어 괴로운 나날을 보내고 있다. 이제 모든 괴로움에서 벗어나 잃어버린 웃음을 찾고 싶지만, 워낙 상처가 깊어 하늘에 계신 그분께 아들의 남은 인생을 아름답게 다듬어 주시기를 염원할 뿐이다.

우리의 육체는 죽어도 영혼은 살아있다는 종교적인 차원의 관점에 공감한다. 그리운 사람은 천국에서 다시 만나게 될 것이기에 죽음이 두렵지 않은 것이다.

나에겐 이븐 알렉산더가 본 천국을 믿고 싶은 이유가 여기에 있다. 맑고 순수한 영혼으로 살아온 아들은 분명히 천국에 갈 것이라고 믿는다. 한 번뿐인 인생을 자기의 의지대로 살아보지 못한 아들이 이 세상에서 이루지 못한 꿈을 천국에 가서라도 펼쳐보기를 염원한다. 나는 아들을 천국에서 다시 만나 웃으면서 즐겁게 꽃들이 만발한 꽃동산을 거닐고 싶다.

내가 첫 번째 무의식 상태로 들어간 것은 2005년 초, 호주와 뉴질랜드에서 있었던 문학 세미나에 참석한 때였다. 호주에서의 일정을 마치고 뉴질랜드로 향하는 비행기에 탑승하여 잠이 들었는데, 목적지에 도착하기 30분 전부터 일행들이 흔들어 깨워도 꼼짝도 하지 않고 잠에서 깨어나지 않아 도착 후 곧바로 뉴질랜드 병원의 응급실로 이송되었다. 각종 검사를 했지만 별다른 몸의 이상은 없고 10여 시간 만에 정신이 들었는데, 특이한 점은 머릿속이 텅 빈 것처럼 멍했고 혼자서는 일어서지 못할 정도로 다리에 힘이 빠져 있었다. 나와 알렉산더와 다른 점은 "그는 구조대원들이 응급실로 옮겼을 때 여전히 간헐적으로 신음소리를 내고 팔다리를 마구 흔들며 격렬하게 경련을 일으키고 있었다."라고 했는데, 나는 전혀 움직이지도 않고 신음소리도 없었다고 한다. 움직이지도 않고 너무 조용했던 것이 주위 사람들을 더욱 긴장시켰던 것 같다. 내 짧은 식견으로 생각해 볼 때, 그는 대장균성 뇌막염으로 박테리아의 공격을 받아 뇌가 어떤 심각한 쇼크를 받아서 대발작을 일으킨 것 같다. 그러나 나는 그 당시 여러 가지 복잡한 일로 심한 스트레스를 받았고, 지친 심신을 달래고자 조용한 곳을 찾아 떠나고 싶었다. 해외 세미나가 목적이 아니라 그저 먼 곳으로 떠나고 싶은 현실 도피의 일환이었던 것이다. 그래서 별다른 질병이 없는 나의 몸은 뇌가 시키는 대로 요동치지 않고 조용히 잠들었던 것 같다. 전기 콘센트에 여러 개의 플러그를 꽂으면 과부하가 일어나듯, 내 머릿속 회로도 잠시 가동을 멈추고 정지 상태가 되었던 게 아니었을까?

내가 첫 번째 혼수상태에서 꾼 꿈은, 검은 의상을 입은 노란 눈의 여자(혹자는 이들을 저승사자로 지칭함) 두 명이 양쪽에서 내 어깨를 꼬집고 짓누르며 열 손가락 끝의 손톱을 뾰족하고 날카로운 나무로 찌르며 꼼짝 못 하게 했다. 손톱을 찌를 때는 마치 찢어진 양은 그릇이 부딪치듯 날카로운 소리가 나서 소름이 끼쳤다. 나는 그들에게서 빠져나오려고 화장실 좀 보내달라고 사정도 해봤다. 약이 오르기도 하고 무서워서 '엄마'를 부르며 울었는데 그들은 여전히 나를 제압하며 풀어주지 않았다. 꿈속에서도 살아나려고 온 힘을 다해 몸부림쳤다.

내가 의식이 돌아와 제일 먼저 간 곳이 화장실이었는데, 다리에 힘이 풀려 걷지 못하고 양옆으로 부축을 받아야만 했다. 사람이 죽을 때는 임종 전까지 살아있는 것이 귀라는데, 제일 먼저 빠져나가는 것은 다리 힘인가 보다. 그러고 보면 몇 년간 혼수상태에 있었던 사람이 깨어난 일도 있다는데, 누군가 환자의 귀에 대고 사랑의 메시지를 끊임없이 보냈던 것이 아니었나 싶다. 내가 곁에서 나를 지키던 사람들에게 혼수상태에서 겪은 일들을 이야기했더니 실제로 뉴질랜드 병원의 간호사 두 명이 내가 깨어나도록 어깨를 꼬집고 누르며 몸에 충격을 가했다고 한다. 그런가 하면 마침 동료 문인 중에 동양 의술인 수지 침술사가 있어서 내 열 손가락 끝에 침을 놓아 피를 뽑았다고 한다. 무의식 상태에서 내가 지른 소리는 밖으로 전달되지 않았지만, 실제 현실에서 벌어졌던 상황이 내게 전달되었다는 것은 기이한 일이 아닐 수 없다.

나는 삶과 죽음의 경계선에서 죽음에 끌려가지 않고 삶의 세계로 회귀하려고 발버둥 쳤던 것은, 신의 보호 아래 나의 의식은 삶이 죽음을 이길 수 있다는 확신이 작동한 것은 아니었을까. 10여 시간 동안 삶과 죽음의 경계선에서 겪은 짧은 체험이었지만 천국의 아름답고 편안한 세계가 아니라 지옥에 다녀온 것만 같아 기분 좋은 꿈은 아닌 것 같다.

내가 두 번째로 혼수상태에 빠졌던 것은 2020년 8월이었다. 동네의 앞산을 산책하다가 잠시 벤치에 앉아 쉬고 있었는데, 그대로 의식을 잃고 말았다. 손발이 차가워진 나는 주변 사람들의 도움으로 대학병원 응급실로 옮겨졌고, 중환자실에서 4박 5일 만에 퇴원했다. MRI 검사 등에서 특이하다고 할 만한 증세는 없었지만 나의 뇌가 어떤 심각한 쇼크를 받았다는 것을 의심할 여지가 없어 보인다. 나는 두 번 모두 심신이 지친 상태이기는 하지만 몸보다는 정신이 아파 혼수상태에 빠지곤 했다. 우리는 흔히 몸과 마음이 아프다는 표현으로 괴로움을 토로하지만 정신이 아프다는 것은 마음이 아픈 것 이상의 죽음을 생각하는 심각한 단계를 말한다. 나의 경험으로 미루어보아 인간관계에서 오는 스트레스가 극한 상황에 이르렀을 때 인간 존재의 의식마저 잃게 된다는 것을 느끼게 되었다.

내가 두 번째 혼수상태에서 꾼 꿈은, 밝은 햇빛을 가린 어느 높은 양철지붕 아래의 계곡에서 대여섯 살 먹은 아이들 네댓 명이 물에 발을 담그고 물장구치며 놀고 있는 모습들이 보이는데, 지금은 중년이 된 조카도 어린 소년으로 돌아가 물장구를 치며 놀고 있었다. 한쪽 물가에 있는 바위에는 얼마 전 나와 의견 다툼으로 멀어진 여동생이 물에서 놀고 있는 아이들을 바라보고 앉아 있었다. 이븐 알렉산더에게는 '강렬한 햇빛과 꽃들이 만발한 천국이 보였다'는데, 왜 내게는 밝고 맑은 햇빛을 가린 양철지붕 아래에 갇혀, 위에서 내려오는 물에 발 담그며 노는 아이들의 모습이 보였던 걸까? 그리고 왜 내게 서운함을 털어놓고 떠난 동생이 보였던 걸까.

아무리 내리사랑이라는 말이 있기는 해도 아랫사람은 윗사람의 사랑에만 의지하고 윗사람의 아픔에 외면하는 동생이, 수양이 부족한 나로서는 이해하기 힘들다.

어떤 불편한 환경에서도 내가 가장 사랑했던 동생인데, 나는 아무리 진정을 다 해도 자기주장만 앞세우는 동생이 야속하여 가슴을 앓고 있었다. 그날도 동생과 같이 걷던 산길을 걸으면서 행여나 동생이 와 있지는 않을까 하는 기다림과 그리움으로 동생과 같이 앉아 이야기를 나누던 벤치에 앉아 잠시 쉬는 동안에 정신을 잃었다. 혼수상태에서 꾼 또 다른 꿈은, 내가 환자복을 입고 침대에 누

     한동희 | 인동초 사랑

워있는데 병실 반대편 창문에서 남편과 아들이 창문을 두드리며 나를 면회시켜 달라며 사정하는 애절한 모습이 보였다. 나도 간호사에게 아들을 들여보내 달라고 애원했지만 아들과 나는 만나지 못하고 서로 자기한테 오라고 손짓만 하는 정경이 마치 현실처럼 또렷이 느껴졌다.

나는 주변 사람들에게 두 번의 혼수상태에서 겪은 현상을 꿈에서 꿈을 꾸었다고 말해 왔다. 이것이 임사체험이라는 것인지는 모르겠다. 최고의 신경외과 전문의인 이븐 알렉산더는 평소의 임사체험이 진짜라고 느껴지지만 사실 극도의 스트레스에서 뇌가 만들어내는 환상에 불과하다고 믿고 있었다고 한다. 그러나 그가 7일간의 뇌사상태에서 죽음 너머의 세계를 체험하고 다시 살아나면서 인간은 뇌와 상관없이 의식을 갖고 있으며 사실상 의식이야말로 모든 존재의 근간임을 보여 주고 있다고 술회하였다. 그렇다면 혼수상태에서 체험한 내 꿈의 세계는 극도의 스트레스에서 뇌가 만들어낸 환상이 아니라 나의 존재 의식에서 불거져 나온 사후세계의 일면이 아니었을까.

나는 알렉산더처럼 밝고 아름다운 천국은 보지 못했다. 혼수상태에서도 가슴의 옹이진 아픔을 풀어내지 못하고 있었다.

이븐 알렉산더는 뇌사상태에 있을 때, 강한 광선을 받고 어린 아가씨와 같이 손을 잡고 한참을 걸어가다가 어느 산 밑에서 나비를 타고 하늘로 올라간다. 거기에서 돌아가신 아버지와 어머니를 만나고 어렸을 때 먼저 간 누나를 만난다. "말썽 많았고 영창 갔던

아저씨는 어디 있느냐?"라고 물으니 "아무리 찾아보아도 없다. 아
마 천당에는 없는 것 같다."라고 아버지는 대답한다. 이것은 분명
히 천국과 지옥이 있다는 것을 암시한 대목이 아닌가 싶다. 같은
혼수상태라 해도 사람에 따라 다른 영성 세계를 체험하는 것은 그
사람이 처한 환경과 살아온 삶의 흔적이 다르기 때문은 아닐까. 뼈
와 살로 이루어진 육체는 죽어도 영혼은 살아있다는 정설로 보아
사후세계는 현세의 연장이라는 생각에 도달하게 된다.

(2022.『창작수필』여름호)

*출처: 이븐 알렉산더의 《나는 천국을 보았다》

                                              한동희 | 인동초 사랑

마음에 작은 방울 하나

암센터에 입원하여 세 번째 위 정맥 시술을 받았다. 그간 병원에 입원할 때면 몇 권의 책을 가방에 넣어 가는데, 이번에는 1,000명 이상의 죽음을 지켜본 일본인 호스피스 전문의 오츠 슈이치의 저서 ≪죽을 때 후회하는 스물다섯 가지≫를 함께 넣었다. 이 책에 관심을 가진 것은 4년 전 간경변이라는 병명을 부여받고 나서부터였다. 죽음은 아직 멀리 있다고 생각했는데 어느 사이 죽음이 내 곁에서 서성이고 있다는 것을 느끼면서 '삶과 죽음'에 대해서 깊이 생각하게 되었다. 이 책의 내용은 생명이 남아있는 몇 달간, 몇 주간의 시간이라도 몸을 움직일 수 있고 이성적인 판단을 할 수 있을 때 후회했던 일을 실천하고 자성함으로써 암의 극심한 고통을 완화하고 평온한 마음으로 가는 죽음의 길을 안내하고 있다.

말기 암 환자들이 후회하는 스물다섯 가지는 무엇일까? 책을 열고 그들의 가슴에 쌓인 회한에 귀 기울여 본다.

"사랑하는 사람에게 고맙다는 말을 많이 했더라면. 진짜 하고 싶은 일을 했더라면. 꿈을 꾸고 그 꿈을 이루려고 노력했더라면. 만나고 싶은 사람을 만났더라면. 기억에 남는 연애를 했더라면. 죽도록 일만 하지 않았더라면. 자식을 결혼시켰더라면. 내가 살아온 증거를 남겨두었더라면. 신의 가르침을 알았더라면. 등등….” 이루 다 열거할 수 없는 후회의 눈물이 강물 되어 내 가슴에 흐른다. 이 세상에 태어나 서로 다른 인생을 살아왔지만 죽음 앞에서는 어떠한 권력자도 범죄자도 무릎을 꿇는다는 인간적인 애소가 묻어난다.

그 많은 후회 중에 한두 가지를 제외하면 모두 나와 공통분모를 이루는 종목들이다. 다행히 ‘내가 살아온 증거’를 글로 남기기는 했지만, 그것도 극히 일부분일 뿐, 자기 합리화에 매몰된 것이 아닌가 조심스러울 뿐이다. 죽음 앞에 선 말기 환자가 후회하는 스물다섯 가지의 고백은 하나같이 마음에 울림을 주고 전율로 다가오지만, 제한된 지면이기에 그중에 몇 대목을 소개하고자 한다.

≪만나고 싶은 사람을 만났더라면≫의 작가 오츠 슈이치는 ‘만나고 싶은 사람은 꼭 만나면서 살아야 한다’라고 강조하고 있다. 간절히 그리워했던 사람을 만나지 못하고 사람을 향한 그리움 때문에 마지막 순간 가슴을 치는 사람이 생각보다 많다는 것이다. 보고 싶다고 머릿속으로 그리워하는 동안 이미 그 사람은 저세상 사람이 되어서 다시는 만날 수 없게 되는 안타까운 상황을 수없이 접했다고 한다.

눈을 감기 전에 떠오르는 사람은 자신의 인생에 곱게 색을 입혀 준 사람일 것이라며 부모, 혹은 스승, 선배 등 연장자일 경우라면

　　　　　　　　　　　　한동희 | 인동초 사랑

자연의 섭리에 따라 자신보다 먼저 떠날지도 모른다며, 건강할 때 산을 넘고 바다를 건너서라도 찾아가야 한다고 역설한다. 누군가를 그리워한다면 시간을 마냥 흘러가게 두지 마라. 그 시간 속에서는 우연이라도 '만남'이 일어나기 힘들다며, 지금 떠오르는 얼굴이 있다면 당신이 먼저 연락해 보라고 권유한다.

– 나에게도 혈육처럼 지냈던 옛 친구가 있다. 지금은 서로 이사하는 바람에 거취조차 모르는데, 헤어질 때 다시 만날 수 있는 끈을 놓친 것이 후회된다. 그런가 하면 가까이 살면서도 그립다고 따라가 손잡을 수 없는 사람도 있다. –

기억에 남는 연애를 했더라면

아름다운 사랑은 어떤 사랑을 말할까?

"부디 기억에 남는 진짜 사랑을 하라. 뭐든 쉽게 손에 잡히지 않는 것일수록 마음에 오래 남기 마련이다. 연애도 마찬가지다. 너무 흔한 사랑은 충만함을 얻기 어렵다. 가벼운 사랑은 그만큼의 공허함을 동반한다. 그렇다고 일부러 힘든 가시밭길 사랑을 찾으라는 이야기는 아니다. 시류에 맞는 라이프 스타일이 있고, 또 주위와 너무 동떨어진 길을 자청하는 일이 최고의 정답은 아닐 것이다."라고 충고한다.

작가는 자신 있게 말한다. "누군가를 진심으로 사랑했던 추억은 마지막 순간을 풍요롭게 해준다는 것. 마지막 가는 길을 밝혀 주는 아름다운 등불이 될지도 모른다는 것. 그가 확신하는 것은 죽음 앞에서 옛사랑의 기억을 떠올리며 행복한 표정으로 고백하는 환자들을 많이 봤기 때문"이라고….

작가(오츠 슈이치)는 어느 할머니의 가슴 시린 사랑 이야기를 들려주었다. 할머니는 죽음이 얼마 남지 않았을 무렵에, 지금은 만나지도 이야기를 나누지도 못하는 첫사랑이 이미 고인이 되었다는 소식을 전해 들었다고 한다.

"다음 세상에서는

그 사람을 꼭 다시 만나고 싶어요."

할머니가 나지막이 이렇게 말하는 순간, 작가는 다시 피어날 사랑의 작은 불씨를 보았다고 한다. 마지막 순간이 다가올수록 할머니는 엷은 미소를 짓고 있었다고….

– 할머니의 애달픈 사랑 이야기를 들으니 "너와 나는 죽었는지, 살았는지만 알면 된다."라던 나의 첫사랑이 생각난다. –

꿈을 꾸고 그 꿈을 이루려고 노력했더라면

일본의 시인이자 화가로 활동하는 호시노 도미히로는 체육 교사로 중학교에 부임한 지 두 달 만에 학생들 앞에서 시범 경기를 보이다가 경추에 손상을 입고 전신 마비라는 불운의 사고를 당했다. 이후 9년간의 긴 투병 생활 동안 붓을 입에 물고 그림을 그리고 시를 쓰며 구필 화가로 새로운 삶을 살게 되었다.

그는 휠체어를 타고 생활하니 울퉁불퉁한 길에 신경이 곤두설 때가 많았는데 휠체어에 은은한 소리가 나는 방울을 달았더니 길이 요동칠 때마다 '땡그랑' 소리가 퍼져서 기분이 한결 좋아졌다고 한다.

작가는 호시노 도미히로의 이야기를 전하며 "희망을 버리지 않고, 꿈을 잃지 않고, 넘어져도 다시 일어서 걸어가는 사람들…. 오랫동안 가슴에 품어온 꿈이 빛날 때 그리고 마지막까지 꿈의 끈을 꼭 쥐고 있을 때 꿈을 이루지 못해도 결코 후회는 없으리라."라고 격려하고 있다.

작가는 〈방울이 울리는 길〉에 나오는 이야기 한 토막을 소개했다.

"그 소리는 마음을 울리는 맑은소리였다. 그날부터 나는 울퉁불퉁 모난 길을 걷는 게 하나의 즐거움이 되었다.
방울은 평탄한 탄탄대로를 걸을 때는 아무 소리가 나지 않는다.
하지만 인생의 고갯길을 넘어갈 때 '땡그랑' 소리를 낸다.
'사람들은 저마다 마음의 방울을 달고 사는 것은 아닐까?'
그 방울 소리가 마음속에 은은히 퍼지는 사람도 있을 테고
굳게 닫힌 마음의 문을 더 세게 짓누르는 사람도 있을 것이다.
내 마음에도 작은 방울이 하나 있다.

그 방울이 맑은소리로 노래하고 환하게 빛을 내는 하루가 되었으면 한다.

내 앞에 펼쳐진 고갯길을 피하지 않고 당당하게 걸어가리라.

오늘도 나는 다짐한다."

에필로그

내 가슴을 후벼 파는 후회는 무엇일까?

지금 죽어도 여한이 없다는 사람은 몇이나 될까?

나 역시 젊고 건강할 때는 후회되는 일이 생겨도 다시 회복할 수 있다는 용기와 자신감이 있었다. 그러나 나이 들고 병약해질수록 후회되는 일은 늘어나고 회복시킬 시간이 줄어드니 원망만 쌓여 삶에 대한 의미를 잃어 가고 있었다. 그렇게 실의에 잠겨 풀지 못한 인생 숙제를 붙잡고 눈물 흘릴 때, 죽음을 앞둔 이들의 가슴 울리는 이야기를 접하게 되었다. 이제 나도 마음에 은은한 소리를 전하는 작은 방울 하나 달고 당당하게 걸어가야겠다.

지금 당신은 무엇을 후회하고 있나요?

(『한국수필』 2024. 1월호)

문학인으로 살아가는 즐거움

'문학인으로 살아가는 일의 즐거움'에 대한 원고청탁을 받았다. 그간 문학을 주제로 한 글을 여러 편 발표했지만, 문학인으로 살면서 즐거웠던 일에 대해서 진중하게 생각해 보지는 않았던 것 같다. 요즘 들어 내가 수필을 쓰지 않았다면 어떤 삶을 살았을까 하는 생각에 젖곤 하는데, 빛과 공기 속에 살면서 그것의 소중함을 잊고 산 것처럼 문학인으로 살아가며 겪은 무수한 즐거움에 무심했던 것 같다.

이제 등단한 지 36년. 그간의 삶의 흔적을 더듬어 보면 아프고 슬픈 사연 위에 아름다운 예술의 꽃이 피어나듯이, 나의 인생도 아픔 속에서 조금씩 성숙해지는 것 같다. 이것은 문학인이라는 긍지와 자부심으로 나를 연단하며 살아왔기에 가능한 일이었다. 문학은 슬픔과 우울, 불안과 분노를 끊어내도록 수련시키는 힘이 있다. 새삼 "수필아, 고맙다!"라고 되뇌어 본다.

수필을 쓰면서 어두운 영혼에서 존재의 빛을 향해가며 나의 정체성을 찾을 수 있었던 것은 큰 수확이었다. 인간과 자연, 우주에

촉각을 곤두세우며 영원을 좇아 불멸을 꿈꾸는 문학의 길. 이 깊고 넓은 문학의 늪에 빠져 허우적거리는 것도 문학인으로서 느끼는 즐거움이고 숙명이라 하겠다. 이는 모든 예술인이 걷는 공통의 길이 아닌가 한다. 그렇게 고통 속에 마무리된 원고가 활자화되고, 활자화된 내 글을 다시 음미하는 재미로 한동안 행복해진다. 고통을 감내하면서도 글을 쓴다는 자체가 즐거움이고, 책을 가까이하며 다른 사람이 쓴 글을 읽는 것도 이에 버금가는 즐거움이라 하겠다. 책 속의 세상 이야기에 빠져들면 그 속에 담긴 잠언과 작가의 조언에 허기진 영혼이 충만해진다. 해서, 나에게 위로와 편안함을 안겨준 이들처럼 나도 진솔한 대화를 나눌 수 있는 작가가 되어야겠다고 다짐하게 된다.

국내외 문학 심포지엄을 통해 수필론에 좀 더 가까이 접근하고, 문화 유적지를 답사하며 문학인들과 친목을 도모하는 것도 즐거운 일이었다. 또한 에세이와 음악을 접목시켜 자칭 'E.M 살롱'이라 이름 짓고 문우들과 음악회가 열리는 작은 콘서트홀을 찾아다니던 때가 있었다. 베토벤과 브람스를 비롯한 세계적인 음악가들의 예술혼에 감명받고 아름다운 선율에 때 묻은 영혼을 씻어내던 휴식의 시간도 한때의 즐거움이었다.

작가에겐 다양한 삶의 경험과 상상력을 위해 발품을 팔아가며 자료 수집을 해야 한다. 해외여행을 통해 좀 더 넓은 세계의 다양한 문화를 경험할 수 있었던 것은 설렘이고 새로운 것에 대한 발견이었다.

 한동희 | 인동초 사랑

30여 년 전 해외여행이 시작될 무렵, 문인들 50여 명이 미국을 보름간 여행한 일이 있다. 미국은 나의 해외여행 시발지여서 더욱 감동적이었던 것 같다. 여러 도시에 산재해 있는 문화·예술·교육·관광산업·언론기관 등을 견학하며 저만큼 앞서가는 미국의 거대한 면모에 감탄하고 새로운 세계관에 눈을 뜨는 기회가 되었다. 돌아오는 길에 하와이 호놀룰루 공항에 내리니 하와이안 뮤직이 울려 퍼지고 소녀들이 훌라댄스를 추며 우리에게 화려하고 향기로운 꽃목걸이 레이를 걸어주고 화관을 씌워주며 환영해 주던 광경은 마치 결혼식장에 입장하는 신랑 신부의 성혼식과도 같았다. 나의 첫 해외 여행지에서 느꼈던 달콤하고 이국적인 분위기에 들뜨던 기분은 오래도록 가슴에 긴 여운으로 남아있다.

비슷한 시기에 브라질 한인회장의 초청으로 상파울루에 갔었다. 그곳의 교민들을 상대로 수필 강의를 하며 이민 1세대 60여 명을 만나 이민 초기의 애환과 2세들의 발전상을 밤늦도록 취재하던 4개월간의 여정은 많은 사연과 함께 내 인생의 한 페이지에 뚜렷한 발자국을 남겨주었다. 새벽 2시경까지 취재를 하고 숙소에 돌아오는 날은 발등이 부어 구두끈이 끊어지기도 했는데, 일하다 죽어도 좋다는 일념으로 취재하고 글을 정리하던 열정은 문학인으로서의 긍지를 더욱 굳건히 해주었다. 그들이 초기 농업이민으로 지구 끝까지 와서 독충이 들끓는 밀림을 개간하던 일과 또 다른 삶의 터전을 찾아 야반도주하며 삶의 뿌리를 내리기까지의 우여곡절을 책으로 묶고 ≪이민 역사 하나 썼다≫라는 자부심에 나 자신을 향해 박수를 보내 주었다. 브라질의 광활한 자연에 눌려 내 가슴에 쌓인 불만과 미움은 사라지고, 카니발에서 보았듯이 그들의 낙천적인 기질에 삶의 활력과 느긋함을 느낄 수 있었던 한때였다.

그런가 하면 60년대 독일로 간 파독 간호사들의 초청으로, 재독 간호사 40여 명에게 수필 강의를 하며 느꼈던 3박 4일간의 감동도 잊을 수 없다. 독일 각지에서 모여든 파독 간호사들은 독일에 와서 다른 사람이 손대기 꺼리는 시체 닦는 일에서부터 파독 가정(그들의 90%)을 이루어야 했던 사연에 이르기까지 그간에 겪은 고초를 자서전으로 엮어 자손들에게 남겨주고 싶어 했다. 밤늦도록 보충 강의를 요청하던 그들의 열정과 애타는 심정은 눈물겨운 한 편의 드라마와도 같았다. 그들과 포옹하며 다시 만나자고 나누었던 눈물 어린 작별의 뭉클함, 뜨겁게 동포애를 느끼던 순간도 있었다.

수필 강의를 마친 후, 그곳 각지에 흩어져 살고 있는 교포들의 거처에 묵으며 독일의 남서부 지방을 10여 일간 여행했다. 독일의 국교는 가톨릭이고, 독일의 중북부에는 루터의 종교개혁으로 개신교가 많지만, 남쪽으로 갈수록 보수적인 가톨릭을 많이 믿고 있다. 우리가 첫 번째 묵었던 '뷔르츠부르크'는 성당이 많은 곳이어서 온종일 성당을 순례하며 왕권보다 주교의 위세가 강했던 중세에서부터 루터의 종교개혁에 이르기까지의 가톨릭 역사를 현장에서 보고 배울 수 있었다. 또한 박물관이나 미술관, 옛 고성과 주교들이 정치와 행정을 하던 궁전을 돌아보며, 중세 유럽풍 건물 안에 갇혀있는 동화 같은 전설에 미혹되던 꿈같은 날들이었다.

　　　　　　　　　　　　　　　　　　한동희 | 인동초 사랑

　브라질과 독일의 국교가 같고 한국인의 이민 역사라는 공통점이 있지만 두 나라는 서로 다른 문화와 전통을 갖고 있다. 타국의 낯선 여건 속에서도 온갖 어려움을 극복하고 삶의 의미를 꽃피워낸 한국인의 강한 의지를 체감하면서, 다른 여행지에서 느꼈던 것과는 다른 감동의 소회이기에 추억의 창고 안에서 잠자고 있던 이야기를 꺼내 본 것이다. 이 모든 상황은 내가 문학인이었기에 누릴 수 있었던 즐겁고 가슴 뿌듯한 추억으로 기억되고 있다.

　문학인으로서 책을 좋아하고 글 쓰는 즐거움에 묻혀 살았지만, 혼신을 다해 써낸 글을 읽어주는 독자가 없다면 얼마나 허망하겠는가. 글을 쓴다는 것은 자기 위로에서 시작되지만 더 나아가 내 글에 공감하고 위로받는 사람이 있기를 바라는 것은 모든 글 쓰는 이들의 바람이 아닌가 한다.

　그동안 나도 수백 편의 수필을 써 왔지만 내 글이 얼마나 많은 사람에게 따뜻한 감성을 전해 주었는지 모를 일이다. 그러나 설사 내 글에 눈길을 주는 사람이 없다 해도 같은 하늘 아래 세월이 가도 변치 않는 독자 한 명쯤 있다면, 그건 상상만으로도 문학인으로 살아가며 느끼는 큰 즐거움이고 행복이라 하겠다.

　나는 오늘도 음악 감상실의 뿌연 담배 연기 속에서 재즈와 팝송을 따라 부르며 젊음의 갈증을 해소했던 그때처럼 정열과 낭만, 우울한 영혼을 찾아 길을 떠나려 한다. 그러한 감성은 내가 살아있다는 증표요, 이 세상을 살아가는 의미이기도 하다.

(『리더스에세이』 2021. 신년호)

나의 수필 쓰기

코로나19 팬데믹에 갇혀 지낸 지도 2년을 넘기고 있다. 일상적인 생활에서 멀어지니 무기력해지고 우울증에 걸린 사람도 많다고 한다. 이런 와중에도 삶의 활력을 얻고 자기의 존재감을 찾으려는 사람들의 움직임이 눈에 띈다. 여전히 책을 출간하는 작가들이 늘어나고 있는 것은 좋은 현상이다. 나도 흩어져 있는 작품들을 모아 수필집 한 권쯤 더 발간해야 할 것으로 생각하지만, 우선 그간 상재한 4권의 수필집에 실린 글들을 자평해 보기로 했다.

사십 년 전, 처음으로 수필에 입문하여 공부하던 때가 생각난다. 수필은 진솔하게 자기 자신을 꾸밈없이 표현하는 고백의 문학이다. 수필이 다른 장르의 문학과 다른 점도 여기에 있지 않을까 싶다. 나는 이점에 충실하고자 나의 심정을 솔직하게 표현한 글을 썼는데, 이 글을 보신 '모촌' 선생께서는 그 문장에 빨간 줄을 치시며 어이없다는 듯 "허허!" 웃으시던 모습이 떠오른다. 수필은 고백의 문학이긴 하나 '폭로의 문학'은 아니기 때문이다. 그 글의 내용이 자세히 기억나지는 않지만 아마 '남자 친구' 이야기가 아니었나 싶다. 자칫 말세적 음담패설에 그치고 말았을 글이었지만, '자신을 통해 해학으로 승화시키면서 문장의 격조를 유지한다'라는 평을 듣기까지 수없는 퇴고와 문장 수련의 시간이 필요했었다. 그렇기에 수필은 자기의 이야기이기에 쉽게 풀려나가지만, 자기의 이야기이기에 더욱 어려운 것이다. 어디까지 마음의 옷을 벗어야 할지, 그 한계점에 갈등이 생긴다.

나는 수필을 어린아이부터 노인에 이르기까지 쉽게 읽힐 수 있는 글을 썼는가에 초점을 맞춰봤다. 글을 쓸 때는 힘들게 쓰지만 누구에게나 쉽게 읽혀야 독자의 공감을 얻을 수 있다는 것은 두말할 여지가 없다. 혹여 지식의 자랑이나 나 자신을 아름답게 치장하려는 의식이 깔려 있지는 않았을까. 또한 발표에 급급하여 설익은 작품을 내놓지는 않았을까. 한 번 잘못 발표한 글에 대한 인상을 지우려면 8년이 걸린다는 어느 원로 문인의 조언을 잊지 않고 있지만, 글에 대해 부족함은 보이지 않고 발표 지면만 보여 우매함에 끌려가지는 않았는지 모를 일이다.

지금까지 수필을 쓸 때 주의할 점과 지켜야 할 몇몇 항목을 짚어봤고, 다시 책의 앞날개 쪽으로 시선을 돌려본다. 약력이다. 작가의 살아온 이력을 소개하는 것은 작가를 이해하는 데 필요한 부분이다. 그렇다고 사회적인 활동의 세세한 부분까지 소개할 필요는 없고, 문학과 관련한 이력만 넣으라는 스승님의 말씀대로 그리했는데, 책 한 권을 출간할 때마다 이력도 늘어나 마치 욕망의 열차가 무거운 짐을 싣고 힘겹게 굴러가는 모양새가 되었다. 나는 누구를 향해서 이렇게 화려한 깃발을 흔들며 여기까지 온 것일까! 독자일까, 나 자신일까? 지금 인생의 종착역을 향해 가며 생각해 보면, 그 화려한 깃발-다른 사람이 보기엔 초라할 수도 있겠지만-은 나를 이끌어준 동력이었지만, 어쩌면 약력란은 부족한 나 자신을 커버해 보려는 욕구불만의 해우소 같은 곳이 아니었나 싶어 민망하다. 일전에 어느 문예지에서 원고 청탁서를 보내왔는데, 말미에 작가의 '등단 연도와 등단지 이름만 싣는다'라는 안내문에 신선한 느낌을 받았다. 결국 '작가는 작품으로 말한다'라는 뜻이 아니겠는가.

다시 본론으로 돌아가 그간 나는 어떤 글을 써 왔는가 살펴보았다.

내가 상재한 4권의 수필집에는 그리움과 외로움, 기다림과 희망, 열정과 지혜, 인내와 절제 등의 글들로 독자에게 행복을 전달하려는 노력이 엿보인다. 미흡하지만 그런대로 사랑과 용서, 화해와 포용으로 살아가려는 의지가 글에 배어 있는 듯도 하다. 그런데 연륜만큼 머리에 흰 서리가 쌓이는 이즈음, 오히려 너그러움과 따듯함은 사라지고 내 안에 웅크리고 있던 분노와 원망, 후회와 애통함이 불같이 일어나 나를 괴롭히고 있었다. 삶의 목표인 행복은 사라지고 마치 남은 삶의 독촉장을 받은 듯 장래에 대한 불안과 초조함으로 밤을 새우는 날이 많아졌다. 독자들에게 행복을 전파하려는 전력은 끊어지고, 흐린 날의 안개에 갇혀 갈 길을 잃어버리고 있었다.

　　　　　　　　　　　　　　　　한동희 | 인동초 사랑

지금껏 내가 살 수 있었던 것은 수필에 기대어 나를 가다듬고 위로를 받았기 때문인데, 이제는 오히려 참아왔던 분노를 터뜨려야 내가 살 수 있을 것만 같았다. 내 마음이 적막해지니 그 누구에게도 행복과 희망을 줄 수가 없어 글쓰기를 주춤하고 있었다. 이렇듯 시름에 젖어있던 내가 다시 수필과 조우할 수 있게 된 것은 몇몇 지인들의 따뜻한 사랑과 배려가 있었기 때문이었다.

"지금 내 간은 굳어가고 있다."라고 쓴 글을 보고 울먹이며 전화를 걸어 온 후배 문인, 그녀의 따뜻한 눈물은 내 가슴의 옹이진 아픔을 씻어내는 한줄기 빗물처럼 흘러내렸다. 부산에 사는 심정임 수필가는 서울에 올 때마다 나를 불러내어 내 슬픔을 위로해 주었고, 그린에세이 이선우 발행인은 글을 쓰지 않으면 치매가 온다며 수필 쓰기를 재촉했다. 창작수필의 발행인 오창익 교수님은 2년간 원고청탁에 응하지 않았는데도 계속해서 원고 청탁서를 보내면서 은근히 믿고 의지한다는 마음을 전했는데 이제 체념했는지 원고청탁을 끊으셨다. '교수님은 30년이 넘는 우리의 인연을 끊어버리시는구나!'라는 생각에 서운함과 함께 가슴이 서늘해졌다. 이렇게 차츰 사람들의 기억에서 지워져 가는 것이 인생이라고 생각하니 잊혀지는 것이 두려웠다. 사회의 관계망 속에서 '내가 행복해지면 주변의 사람까지 행복해지고, 주변의 사람들이 행복해지면 나까지 행복해지는 것'인데 나는 사랑하는 사람들에게 행복을 전달하는 메신저가 되지 못했다는 자책으로 괴로웠다.

나는 서둘러 10매 정도의 수필을 써서 오 교수님께 보냈다. 잊혀지는 게 싫어서…. 그 수필의 제재는 '분노'였다. 수필은 분노도 서서히 사랑으로 녹아내리게 하는 힘이 있다는 것을 믿으며 내 가슴에 도사리고 있는 원망과 후회와 애통함의 근거를 찾아 나섰다. '삶이 그대를 속일지라도 노하거나 슬퍼하지 말라'는 푸시킨의 시구를 떠올리며 또다시 수필과의 동거에 들어갔다.

『창작수필』

  한동희 | 인동초 사랑

인동(忍冬)을 넘어
향기로 다시 피어나는 삶의 서사

- 한동희 수필집 《인동초 사랑》

최원현

수필가 · 문학평론가
한국수필창작문예원장 · 한국수필가협회 7대 이사장
국립세계문자박물관이사

1. 들어가며

한동희 수필가는 1986년 계간『한국수필』제43호에 〈아버지의 목소리〉로 천료된 후 한결같이 수필가로 펜을 놓지 않았다. 그만의 독특한 수필 사랑은 짝사랑처럼 조용하나 진실하게 이어져 왔다. 그래선지 한동희의 수필은 늘 한 계절을 건너온 사람의 목소리를 지니고 있다. 성급하지 않고, 요란하지 않으며, 무엇보다 삶을 쉽게 단정하지 않는다. 이번『인동초 사랑』도 그러한 그의 문학적 태도가 한 권의 책으로 응결된 결과물이다. 이 수필집은 '잘 살아온 이야기'라기보다 버텨온 시간들이 어떻게 문장이 되었는가에 대한 조용한 증언에 가깝다.

책의 제목이기도 한 '인동초'는 겨울을 견디며 피는 꽃이다. 추위를 이겨낸 뒤에야 향을 내는 존재. 이 상징은 곧 한동희 문학의 정체성을 말해준다. 그의 글에는 늘 시련 이후의 언어, 상처를 통과한 사유가 자리한다. 사랑조차 감정의 고조가 아니라 인내와 성찰, 그리고 관계의 무게 속에서 천천히 익어간다. 그래서 이 책의 '사랑'은 달콤하기보다 단단하고, 감상적이기보다 윤리적이다.

≪인동초 사랑≫은 네 개의 부로 구성되어 있다.

1부 〈문학이 주는 위로〉에서는 문학이 삶을 구원하는 방식에 대해 말한다. 문학은 도피가 아니라 견딤의 다른 이름이며, 자기 연민이 아니라 자기 응시의 결과라는 점을 그는 자신의 체험을 통해 설득력 있게 보여준다. 특히 글쓰기의 동기와 한계, 그리고 다시 쓰게 되는 이유를 성찰하는 대목들은 오랜 시간 문학과 동행해 온 작가만이 도달할 수 있는 깊이를 지닌다.

2부 〈다시 시작하자〉는 이 수필집의 정서적 중심부라 할 만하다. 여기서 한동희는 삶의 불운과 상실, 관계의 균열 앞에서 주저앉기보다 다시 몸을 일으켜 세운다. 그에게 '다시'는 선언이 아니라 결심이며, 외침이 아니라 다짐이다. 짓궂은 운명 앞에서도 삶을 포기하지 않는 태도는 이 책을 읽는 독자에게 조용하지만 분명한 용기를 건넨다.

3부 〈행복 만들기〉에서는 삶의 반경이 한층 넓어진다. 개인의 체험을 넘어 타인의 삶과 시대의 풍경이 함께 호흡한다. 텃밭 이야기나 스승과 선배에 대한 기록, 공동체에 대한 성찰은 '행복'이 결코 개인적 성취에 머물지 않음을 일깨운다. 이 부분에서 한동희의 수필은 회고를 넘어 기록의 성격을 띠며, 한 시대를 살아온 여성 문인의 삶의 궤적을 또렷이 남긴다.

4부 〈주막에 앉아〉는 이 책의 가장 내밀한 공간이다. 여기서 작가는 숨기고 싶었을 마음, 말하지 못했던 감정들까지 문장 위에 올려놓는다. 그러나 그 고백은 결코 폭로로 흐르지 않는다. 수필이 지켜야 할 품격과 거리, 그 미묘한 경계를 끝내 놓치지 않는다. 이는 오랜 수련을 거친 작가만이 가질 수 있는 미덕이다.

2. 문학, 환란의 바다에서 건져 올린 구원의 밧줄

한동희 수필가의 글은 지극히 정직하다. 수필을 '고백의 문학'이라 정의하면서도 자칫 빠지기 쉬운 '폭로'의 함정을 경계하며, 자신의 아픔을 해학과 격조로 승화시키는 절제미를 보여준다. 작가는 60년대라는 보수적인 시대 상황 속에서 춤꾼이나 검사를 꿈꾸던 재기발랄한 소녀였으나, 현실의 제약 속에 교육공무원의 길을 택하고 가정에 안주하게 된다. 그러나 삶은 평탄치 않았다. 남편의 사업 실패와 예기치 못한 가정적 시련은 작가를 어둡고 습한 방으로 밀어 넣었다.

이때 그를 다시 세상 밖으로 끌어올린 것이 바로 '문학'이었다. 1부 〈문학이 주는 위로〉에서 고백하듯, 작가에게 글쓰기는 단순한 취미가 아니라 "환경을 지배하지 않으면 지배당할 수밖에 없다"는 절박한 생존 본능이자, 내면의 응어리를 풀어내는 '정적인 춤'이었다. 40년이라는 긴 세월 동안 수필가로 살며 그는 자신의 상처를 활자로 옮겨 독자와 나누었고, 그 과정에서 타인의 위로보다 더 깊은 '자기 구원'의 시간을 가졌다.

한동희의 문장은 과장되지 않고, 그의 감정은 독자에게 강요되지 않는다. 대신 그는 자신의 삶을 성실하게 통과해 온 언어를 내어놓는다. 그 언어는 독자의 삶 속으로 조용히 스며들어 각자의 기

 한동희 | 인동초 사랑

억과 상처를 건드린다. 이 점에서 ≪인동초 사랑≫은 읽히는 책이 기보다 곁에 두고 오래 함께할 책에 가깝다.

3. 서해 바다와 염전, 그리움의 원형질

작가의 문학적 근간은 서해 바닷가와 염전, 그리고 여름이라는 세 가지 축으로 이루어져 있다. 정미소와 염전을 운영하시던 아버지, 지평선을 붉게 물들이던 석양, 소금꽃을 피우던 뙤약볕의 기억은 작가에게 무한한 상상의 원천이 되었다.

특히 소금은 작가의 인생을 상징하는 메타포와 같다. 바닷물이 뜨거운 태양 아래서 몸을 깎고 졸여내어 마침내 하얀 결정체가 되듯, 작가의 수필 역시 삶의 쓴맛과 짠맛을 온몸으로 받아낸 뒤 얻은 영혼의 결정체다. 비가 오면 소금 농사를 망칠까 전전긍긍하던 아버지의 뒷모습에서 인생의 불가항력적인 운명을 배웠고, 거친 파도를 넘는 '파도타기'의 지혜를 터득한 작가는 이제 어떤 풍랑 앞에서도 "오~ 예!"를 외칠 수 있는 슬기로운 항해사가 되었다.

4. 인동초 사랑, 연민으로 완성된 관계의 미학

표제작인 〈인동초 사랑〉은 이 수필집의 정서적 클라이맥스다. 작가는 남편의 태생적 아픔과 외도, 고부갈등이라는 지극히 개인적이고 치명적인 상처를 가감 없이 드러낸다. 그러나 그 시선은 원망에 머물지 않는다. 작가는 남편의 방황 이면에 숨겨진 '서출(庶出)'이라는 태생적 그늘과 인정받고 싶어 했던 고독한 투쟁을 읽어낸다.

그것은 '연민'이다. 남편을 한 남자로 보기 이전에 상처받은 한 인간으로 바라보는 그 깊은 긍휼의 마음이 바로 겨울의 모진 추위를 견디고 꽃을 피우는 '인동초'의 생명력과 닮아있다. 배신감을 견디며 안방에 더블 침대를 들여놓았던 것은 가정을 지키고자 하는 그의 결연한 의지였다.

5. 잊히지 않는 존재를 향한 여정

작가는 100세 철학자 김형석 교수의 글을 읽으며 자신의 초상화를 되돌아본다. "초상화는 평생을 걸려 그려도 완성될 수 없다."던 브라질에서 만난 목사의 말을 빌려 작가는 여전히 변주하는 자신의 삶을 기록한다. 이제 팔십의 나이, 육체의 쇠락과 '잊혀짐'에 대한 두려움이 엄습하는 시기임에도 작가는 멈추지 않는다.

그는 영화 〈내가 죽기 전에 가장 듣고 싶은 말〉을 언급하며, 단순히 사랑한다는 말보다 "당신은 잊을 수 없는 사람"이라는 말을 듣고 싶어한다. 이 수필집 ≪인동초 사랑≫은 바로 그 '잊히지 않는 존재'가 되기 위한 작가의 고귀한 분투기이다. 브라질과 독일의 동포들을 만나 그들의 이민사를 기록하고, 후배 문인들에게 따뜻한 격려를 건네는 작가의 행보는 이미 수많은 독자의 가슴 속에 지워지지 않는 무늬를 새기고 있다.

거기에 문학을 통한 인연을 고마워하고 사랑하고 존경한다. 조경희 회장님과 윤모촌 선생님, 이숙 선생님, 서정범 교수님, 오창익 교수님 등 오늘의 그를 있게 한 분들에 대한 절대적 신뢰와 사랑을 보이며 잊지 못하고 있다.

문학은 결국 사람을 향한다. 한동희의 수필이 오랜 시간 독자 곁에 머물 수 있는 이유도 여기에 있다. 그는 삶을 미화하지 않되 절망에 함몰되지 않고, 상처를 말하되 타인을 다치게 하지 않는다. 인동초가 혹한 속에서도 덩굴을 뻗어가듯, 그의 문장은 삶을 향해 끝내 손을 놓지 않는다.

6. 다시 시작하는 노년의 찬가

"글을 쓸 때 가장 행복하니 수필가라는 직업은 하늘이 내려준 축복"이라고 말하는 한동희 수필가. 〈감추기 힘든 비밀〉에 이르기까지 작가가 쏟아낸 사유의 편편들은 독자들에게 묻는다. 당신은 당신의 환경을 지배하고 있는가, 아니면 지배당하고 있는가.

이 수필집은 인생의 황혼에서 쓴 회고록이 아니다. 2부의 제목처럼 〈다시 시작하자〉고 외치는 뜨거운 현역의 선언이다. 비록 간이 굳어가고 시력이 나빠지는 고통 속에 있을지라도 작가는 '삼상사(三上思)'의 정신으로 집필의 끈을 놓지 않는다.

『인동초의 사랑』 출간은 한 작가의 이력에 한 줄이 더해졌다는 의미를 넘어선다. 그것은 한 사람이 살아낸 시간들이 문학이라는 이름으로 정리되고, 이제 독자에게 건네어졌다는 뜻이다. 이 책을 통해 또 누군가는 겨울을 견딜 힘을 얻을 것이다. 그 사실만으로도 이 수필집은 이미 제 몫을 다했다.

한동희 수필가의 ≪인동초 사랑≫ 발간을 진심으로 축하드린다. 이 책이 삶의 무게에 짓눌려 웃음을 잃어버린 이들에게는 옆구리를 찔러주는 다정한 위로가 되고, 길을 잃은 이들에게는 서해 바다의 노을처럼 따뜻한 이정표가 되기를 믿어 의심치 않는다. 작가의 펜 끝에서 앞으로도 더 많은 '인동초'가 향기롭게 피어나길 기원하며, 한동희 작가의 성실한 문학 여정과 이 아름다운 결실에 깊은 축하를 보낸다. 그런 한동희 작가와 함께 해온 내 40년 문학 여정도 새삼 자랑스럽다. 수필집 ≪인동초 사랑≫으로 인해 남은 삶과 문학의 여정이 찬란한 꽃피움으로 하늘을 열었으면 싶다.

한동희 수필집

인동초 사랑